Vannes le 26.08.2006

8

LE MOULIN DE SIAGNE

DU MÊME AUTEUR

Romans

La Carriole, Edition Phébus, 1995 (Prix Gironde 1995)
Le Jas des terres longues, Editions du Comptoir, Paris, 1997
Le Bois des Malines, Presses de la Cité, 1999
La Nuit des abeilles, Albin Michel Jeunesse, 2000
Fugue italienne, Editions Jean-Claude Lattès, 2000
Les Roses rouges de décembre, Presses de la Cité, 2001
Le Bâtisseur de chapelles, Presses de la cité, 2001
Louise de Mirabeau, La Marquise rebelle, Editions Anne Carrière, 2002 avec William Luret

Livres d'art et de photographies

Nice 360°, Edition Priuli-Verlucca, Turin, 2001 (français — italien — anglais)
Garde fou, Editions Lithographiques Georges Point, 1984

Littérature jeunesse

Terre est une vague amoureuse, Editions Grandir, 1991. Illustrations Haruhiko Kawasaki)
L'Enfant de nacre, Editions Grandir, 1991. Gravures Elbiot Mazet
Le Chapeau de Myrtille, Editions Grandir, 1992. Illustrations Kota Tanuichi
Le Fil d'Ariane, Editions Grandir, 1994. Gravures Elbiot Mazet
Jérôme le fantôme, Editions Grandir, 1994. Illustrations Françoise Malnuit
Les Deux Frères et la pierre de miroir, Editions Grandir, Alain Sèbe Image, 1994
Le Buveur d'étoiles, Editions Lo Païs, 1997. Illustrations Joly Guth
Marie et l'étoile perdue. Editions du Ricochet, 1998. Illustrations Joly Guth (Prix 83 du livre jeunesse 1998)
Poemios au vent méchant, Pluie d'étoiles Editions, 1999. Illustrations Joly Guth
Dis Pierrot, c'est quand la récré ?, Editions Lo Païs, 1999. Illustrations Joly Guth
Graine de lilas, Editions du Ricochet, 2000. Illustrations Joly Guth
Les Jardins de l'île, Editions Lo Païs, 2000
La Gazelle aux yeux d'or, Albin Michel Jeunesse, 2002
Sagesses et malices du louareg qui oublia son chameau, Albin Michel Jeunesse, 2003

Poésie

Non initiation, Les Paragraphes littéraires, Paris, 1978
La Mort de José Luis, Edition La Table rase, 1980
Maux dire, Edition Le Temps parallèle, 1982
Equinoxe du silence, Editions Le Temps parallèle, 1983
Du rouge sous les ongles, Editions Le Temps parallèle, 1986. Préface Jean Boutuer
Les Mains de pierre, La Bartavelle Editeur, 1988
L'oubli est un nuage silencieux, La Bartavelle Editeur, 1992

Théâtre

Les Braises de la liberté, La Bartavelle Editeur, 1989
Le corps qui parle, Les Cahiers de l'Egaré, 2001
Une journée avec des anges, Radio-France, 2002

Anthologies

La Poésie du XXe siècle, t. III, Robert Sabatier, Editions Albin Michel, 1998
Anthologie des poètes du bonheur, André Giovanni, Editions le Cherche-Midi, 1990
Poésie I, Numéro 14, Poètes du Sud, Jean-Max Tixier, Editions Le Cherche-Midi, 1998
Découverte des herbes de Provence, Gilbert Fabiani, Editions Equinoxe, 1998

Jean Siccardi

LE MOULIN DE SIAGNE

Roman

Production Jeannine Balland
Romans Terres de France

PRESSES DE LA CITÉ

ISBN 2-258-05816-3

Lou païsan que a vist tres bouoni anada d'oli pòu morì countent.

Le paysan qui a vu trois bonnes années d'huile peut mourir content.

A Joseph

Clair et léger est l'arbre dans l'air.
Et pourquoi au plus profond du cœur
Sa beauté nous touche, tu ne le sais pas
Nous ne le savons pas,
L'olivier ne le sait pas.

Fines feuilles, maigres rameaux, troncs creux
Racines tordues, fruit petit,
Et voici qu'un Dieu ineffable
Resplendit dans sa pâleur.

Gabriele D'Annunzio

1

Thérésius Passeron dominait les lentes campagnes qui coulaient jusqu'aux rives de la Siagne. Tel un guetteur immobile, chaque soir, il s'installait à la même place, face à la vallée, et laissait son regard divaguer sur les frises de l'Estérel ou les îles de Lérins évanouies dans les brumes marines. Les yeux mi-clos, il se délassait dans les contours furtifs de la nuit montante. Un vent tiède, charriant l'odeur de miel des pins, de la bruyère blanche et de l'arbousier, le berçait. Il fouilla dans la poche de sa veste de velours, tira une pipe cerclée d'une bague en argent et, avec son briquet à essence, alluma un reste de tabac gris. Les volutes se noyaient dans le couchant. Le roulement de la rivière rendait l'atmosphère bucolique. Tout était à cet instant vérité.

L'homme quittait rarement son pays. C'était pour lui une trop grande douleur. Il se rendait uniquement à la fête de l'olive et à la foire agricole de Grasse. Des racines puissantes, noueuses, pénétraient sa chair. Il respirait sa terre par les pores de sa peau. En contrebas, un long chemin pavé dont les arêtes saillantes retenaient les fers des mulets se faufilait dans le galbe des murs en pierres sèches. Les terrasses épousaient parfaitement ces courbes. Parfois, les planches se croisaient et s'achevaient en pitons vertigineux, déchiquetés par la grêle.

Thérésius dévisageait les oliviers rugueux, plantés dans l'abrupt, qui émergeaient du sol roux. Ils ployaient sous la charge de fruits encore verts. A travers les siècles, ces arbres ne s'étaient jamais dévêtus de leurs feuilles blanchâtres et mates qui devenaient brillantes à l'approche du ciel, dissimulant ainsi la divine alchimie d'un don surnaturel. Leurs spectres torturés et légendaires épandaient une lumière d'éclipse. Ils exhibaient une lenteur austère et grandiose.

L'immortalité se dégageait de l'olivier, le vrai seigneur des collines. Ventru, fissuré, lisse ou bosselé, craquelé et noueux, il s'engluait dans l'éternité. Créature de patience, il se rendormait si on l'oubliait ou le mutilait dans son lit nuptial. Saisi d'une sorte de vertige, d'une sensualité sauvage, Thérésius connaissait le moindre caillou, la moindre rigole de son oliveraie. Il enserrait quelquefois un tronc pour écouter battre la sève. Il confondait son cœur avec les cernes de l'arbre, mélangeait son front ridé avec son écorce, ses larmes avec la sagesse de la plante. Il lui confiait ses secrets. Ils étaient liés ainsi par un pacte de silence. Car le paysan portait un lourd secret.

Thérésius soupira de bien-être. Il ne pouvait s'empêcher de comparer le sacré cadeau que lui avait fait son père aux paysages sublimes qui se dévidaient sous ses yeux. Des friches parsemées d'énormes blocs de rochers, des restanques éboulées, des sentiers défoncés, des oliviers étouffés sous les amas de ronces, bouffés par les parasites, stigmatisés par le gel, tel était l'héritage laissé par celui que le village avait surnommé « l'anarchiste ». En bref, une terre vaste mais rendue stérile par l'abandon. L'histoire de Gaétan Passeron demeurait une énigme dans le pays. Après l'enterrement de sa femme dans le petit cimetière de Saint-Cabraire, il avait bel et bien disparu, laissant ses affaires, ses outils et ses dettes au jeune orphelin. Une tante avait recueilli et élevé Thérésius. Sur le chemin de l'école, passant devant la demeure familiale, le garçonnet s'était juré de découvrir quel mystère se cachait derrière les volets clos. « Elle est possédée, maudite, habitée par les mauvais esprits... » murmurait-on dans le pays, à voix basse, en se signant.

Puis, il y eut l'armée, qui déboula sans crier gare. La fête pour les conscrits, trois jours à Tarascon, l'engagement avec les spahis et le départ en bateau de Marseille vers les lointaines contrées d'Afrique. C'était le début des « sales guerres coloniales ». Thérésius n'avait cure de ce tintouin. Peu à peu les conflits se calmèrent et l'unique activité du régiment fut d'enrôler de jeunes Africains dans les troupes de tirailleurs sénégalais : le sang des Noirs coûtait moins cher à la nation que celui des Blancs !

Le soir, calé dans un trou, il rêvait à son pays, à sa douce Provence, à son village où il avait laissé son cœur. Trente-six mois après, la tête vide mais les poches bourrées d'idées, il regagna Saint-Cabraire. La fraîcheur et l'enthousiasme d'Adèle, une cousine éloignée, le séduisirent et aussitôt il fut question de noces. Thérésius était pressé de trouver le calme, l'amour et la chaleur d'un foyer.

Le curé s'était enfermé une nuit durant dans la maison, persiennes et portes bouclées. Des cierges et de l'encens brûlaient à chaque fenêtre. Les prières et les rituels d'usage avaient lavé la bâtisse de toutes les diableries. Après la bénédiction de la demeure, le prélat avait prononcé une messe dans le jardin. Ainsi le mauvais sort fut-il conjuré. Meubles, habits, bibelots, carillon, recouverts d'une épaisse couche de poussière, vivaient à l'heure du trépas de Léonie et espéraient la lumière du jour. Thérésius pouvait donc y résider et épouser Adèle le jour de ses vingt-deux ans. De secret, il n'en trouva point. Pas une lettre, pas un carnet, aucun indice ! Rien qu'un désert qui ne laisse que de maigres souvenirs et de profonds doutes !

Le jeune couple s'activa pour remettre le Val des Costes en état. Ils firent exploser la rocaille à la poudre, redressèrent les murailles, reconstruisirent les accès, remontèrent les alluvions de la rivière, labourèrent, taillèrent, greffèrent, fumèrent les terrains. Sang, sueur, gel, sécheresse, désespoir, tel fut le quotidien de ces forçats pendant un bon nombre d'années : un corps-à-corps avec la colline. Râblé comme un laboureur, musclé tel un bûcheron, rien n'arrêtait Thérésius qui ignorait la fatigue. Adèle, quant à elle, avait combattu pied à pied, mètre par mètre le chiendent, dessouché les racines malades. Elle abattait sans jamais se plaindre le travail de dix journaliers. Peu à peu les friches et la garrigue avaient cédé la place à un sol gras et dense. Les rejetons n'étouffaient plus les troncs ; les bourgeons se tendaient vers le soleil ; les arbres renaissaient. La nouaison s'accomplissait de façon harmonieuse. Le noyau naissait, la pulpe l'entourait, conservant en son sein, jalousement, un nectar aux reflets d'or. Les oliviers de Grasse, les « corniaou » à rameaux longs et les « cailletiers » pleureurs, donnaient des récoltes abondantes. Une paisible beauté frémissait au Val des Costes. C'en était fini du pain noir. L'huile et les olives des Passeron devinrent les meilleures du canton. Bientôt, Thérésius se trouva à la tête d'un vaste domaine, ayant d'abord racheté les lopins mitoyens, puis ceux plus éloignés.

Un jour de juin, alors que les grappes de fleurs blanches et candides de la taille d'une tête d'épingle pointaient sur les rameaux, Edouard naquit. Cette année-là, le temps avait été particulièrement clément : ni gel, ni sirocco, ni mistral, seulement un temps doux, agrémenté par le ballet des hirondelles. Thérésius, fou de joie, avait trempé son index dans une fiole contenant son huile et massé les gencives du nourrisson. Ensuite, il avait aspergé le front avec l'eau du puits et frotté le petit corps avec une gousse d'ail. Rendant l'enfant à sa femme, il lui avait dit tout simplement :

« C'est un fils du nouveau siècle, un enfant de la nature, et je remercie Dieu de me rendre la semence de mes efforts. Il est béni, maintenant. Tu peux le présenter au curé. Le reste n'est que simagrées !

— Tu me fais honte », rétorqua Adèle en se signant.

Thérésius éclata de rire. Edouard portait désormais en lui le don de l'olivier.

Le crépuscule s'épaississait. Thérésius se leva et remonta la venelle Vieille, suivi par Garibaldi, son chien de berger. La canne ferrée cliquetait sur les pavés et cadençait son pas. Délavées par les orages, brûlées par le soleil, les façades des maisons renvoyaient une humidité tenace. Du linge suspendu aux fenêtres colorait la grisaille des murs. Des vieux sur le pas des portes fumaient le toscan. Un bref salut suivi d'un « ho ! » ou d'un grognement concluait le bonsoir. A travers les croisées des rez-de-chaussée, il apercevait le feu dans l'âtre qui chauffait le chaudron suspendu à la crémaillère. Les effluves d'un pot-au-feu lui remontaient aux narines. La cinquantaine gaillarde, Thérésius portait beau. Sa stature élégante et sa prestance suscitaient le respect. Une séduction certaine émanait du notable

De la place Haute, la bastide des Passeron surplombait le village. Le portail du domaine, orné de rameaux d'olivier sculptés, s'ouvrait sur une allée bordée de marronniers menant à l'imposante bâtisse carrée, agrémentée de frises symétriques qui couraient sous trois rangées de génoises et s'achevaient sur les bordures d'un cadran solaire. A chaque angle, des gargouilles rejetaient l'eau de pluie dans des jarres. Le jardin comptait en son sein un charmant bassin et les néfliers, cerisiers, figuiers, tilleuls, offraient l'été un ombrage délicieux. Tout au fond, une haie d'églantiers masquait le potager.

Thérésius grimpa les quatre marches du perron flanquées d'une tonnelle de clairette, gratta les semelles sur le décrottoir, poussa la porte, accrocha son pardessus et s'installa dans le grand fauteuil situé face à la cheminée en attendant que l'horloge carillonne sept coups, l'heure du dîner. Il consulta dans le journal de Grasse les événements, les cours des foires, la tenue des marchés. Les reflets des flammes balayaient sa chemise de frises mouvantes et orangées. Ses pensées se perdirent dans les braises incandescentes. Sans cesse de nouveaux projets l'assaillaient. Ses propriétés représentaient un creuset intense d'innovation, et il modelait, remodelait perpétuellement ses campagnes à la recherche du meilleur rendement possible. A chaque fois, une chaleur formidable embrasait sa poitrine.

Garibaldi se frotta à lui, puis dans un long bâillement, s'allongea à ses pieds, le dos collé à l'âtre. Dans la cuisine, Adèle écossait des haricots secs et dessalait de la morue dans l'eau glacée. Une odeur de choux, de lard et de saucisses embaumait les pièces du rez-de-chaussée. Le bruit d'un fusil que l'on range sur le râtelier, des bottes jetées à terre, d'un pardessus que l'on accroche à la patère, un « b'soir » énergique lancé à la volée l'avertirent que son fils venait de rentrer de la chasse. Thérésius sourit.

« A table ! cria Adèle. Et ne traînez pas, c'est prêt ! »

Adèle Passeron promenait sa corpulence avec l'aisance et la solidité des femmes méditerranéennes. Si elle s'occupait dorénavant des fourneaux et de la gestion de la maison, elle avait naguère participé activement à la réhabilitation du patrimoine familial. Edouard posa sur le pétrin une poule faisane et des grives. Il souleva le couvercle du poêlon pour humer le fumet de la soupe, avant de se placer à l'extrémité de l'épaisse table en mélèze, en face de son père. Adèle raviva la flamme de la suspension et disposa également une lampe à pétrole au centre de la table.

— Bonne journée ? demanda Thérésius.

— Au moulin, tout est prêt, répondit Edouard.

— Tu es rentré bien tard…

— J'ai fait un tour vers le Pilon, le vallon de la Brosse et les Moulières, histoire de prendre quelques grives à la remontée.

— Tu as vu l'autre feignasse ?

— Je t'en prie, Thérésius ! Respecte ton semblable ! Audibert, tu ne le connais que de réputation ! Alors, ne fais pas comme les autres ! s'écria Adèle.

Thérésius changea de sujet pour éviter de subir les foudres de son épouse. Il questionna son fils sur le travail au moulin.

— Qui embauches-tu pour presser ?

— Les mêmes. Les bergers d'Escragnoles, les frères Mongin, Rémi et Paul, et les deux cousins piémontais, Alberto et Giovanni.

— T'as bien fait, j'aurai encore besoin au printemps des « babis » et des pastres. Il faudra que l'on s'occupe des Tirasses, on y plantera des fèves et du blé, peut-être quelques arpents de maïs. Je ferais bien des figues, de la « bellone ». A Nice, sur le cours Saleya, ce sont maintenant des produits recherchés.

— On pourrait les faire sécher ! s'exclama Edouard. Après la récolte d'huile, on monte des claies dans le moulin, on les laisse le printemps et l'été, puis on les met sur le marché juste avant les fêtes de Noël...

— Vous n'en avez jamais assez ? rouspéta Adèle.

— Une terre pas cultivée est une terre qui crève !

— Toi, quand tu seras trois pieds sous ta terre, tes figues se friperont toutes seules et régaleront les bourdons et les abeilles !

— Et si j'avais... Nom d'un chien !

Adèle posa le poêlon sur un dessous-de-plat émaillé et servit la soupe brûlante. Thérésius se tut. Il noua sa serviette autour de son cou et plongea le nez dans son assiette. On n'entendit plus que le bruit de la cuillère, les aspirations bruyantes, les mâchonnements gloutons.

— Tu ressasses toujours la même rengaine. Tu sais que tu n'auras jamais les parcelles de la Moura !

— Sauf si elle meurt ! répliqua Edouard.

— Vous vous bercez d'illusions, mes pauvres ! La Moura, elle a la peau dure. Elle vous enterrera tous ! Alors, n'y pensez plus !

Thérésius renversa sa tête en arrière et poussa un profond soupir.

— T'as peut-être raison, mais imagine le Val des Costes d'un seul tenant ! On a plus d'un kilomètre à faire pour arriver sur l'autre versant. Si au moins elle nous permettait de traverser... Ça fait trente ans que ce *pendou de fourca* nous bousille la vie ! Une brèche dans son mur, et les carrioles et les hommes passeraient ! Je lui en demande pas plus ! Non, on doit faire le tour ! Et Grandi, le maire, la plaint, l'engraisse sous prétexte qu'elle et son mari sont dans la misère ! Et avec ça, tu veux que je me calme !

— On ne peut pas l'obliger ! lança Adèle. Je te rappelle aussi que le pauvre Mastègue croupit dans une chaise, handicapé et muet !

— A qui la faute ? C'est elle qui l'a poussé dans le puits ! Quand elle a vu qu'il n'y avait pas assez d'eau pour qu'il se noie, elle a appelé à l'aide. Elle sait y faire, plus rusée qu'une agace, aussi méchante qu'une renarde enragée ! Muet... Tu me fais rire ! On ne s'arrache pas la langue en chutant dans une citerne !

— Tais-toi !

— Je l'ai vu de mes propres yeux : la langue est coupée au milieu. Une trace de cisailles, je te dis ! Il ne se l'est pas sectionnée avec les dents ! Toi, tu es comme Grandi, tu crois en la sainte parole de la Moura !

— Des ragots ! reprit Adèle. Ce village est pire que les courants d'air... A chaque coin de rue, tu attrapes le mal ! Chez la boulangère, on parle à voix basse ; à la messe, une grappe de vieilles filles te surveille en douce ; tu passes dans la Grand-Rue, on te déshabille du regard ; au lavoir, malheur à celle qui a du retard ; à la fontaine, elles bavent tellement que l'eau en est empoisonnée ! Tu ne vas pas t'y mettre aussi !

— Les anciens ne se trompent guère ! rétorqua Edouard. En plus, elle a une campagne formidable ! Si elle entretenait ses arbres... De l'or pour les cochons !

— Toi, tu t'occupes de ton moulin !

Le ton implacable d'Adèle calma un temps les esprits. Un court silence s'ensuivit avant que Thérésius ne reprenne :

— Ecoute, Mastègue a été un de mes paysans : une brutasse, au travail. Alors, comment veux-tu qu'il glisse par-dessus la margelle en tirant un seau d'eau et qu'il bouffe son appendice ! Cette sartan mérite le bagne !

— Tu n'as pas tort ! Dès qu'on s'approche trop près de sa clôture, elle te balance une volée de cartouches ! Et de la chevrotine ! C'est bien qu'elle a quelque chose à cacher !

La dernière bouchée avalée, Adèle se leva en poussant bruyamment sa chaise, enleva le couvert et apporta à son mari le pot à tabac et la pipe. Elle remit une poignée de vieille bruyère et une bûche dans le fourneau. Elle monta directement à la chambre sans un bonsoir.

2

Novembre s'achevait. Un froid sec et pénétrant persistait. Les pluies fuyaient vers le large. Le givre matinal ourlait les talus et les sous-bois. Des nuages de vapeur blanche roulaient sur les flancs de la Siagne. De grands vols de pigeons piquaient vers la rivière. Les grives et les merles se gavaient de genévrier. Et les olives parvenaient à maturité. Elles tournaient. Leurs colorations se métamorphosaient et se déclinaient en palettes tendres : vert foncé, pâle, puis jaune, pour ensuite se dorer et se teindre de mauve.

— C'est comme les femmes, s'exclamait Thérésius. Il y en a des blondes, des rousses, des brunes, mais chacune a un goût différent.

— T'as pas honte, à ton âge ! répliquait Adèle.

Inlassablement, il arpentait le Val des Costes. Il jaugeait chaque arbre, tâtait le fruit, mince et craquant, passait délicatement deux doigts sur sa robe lisse et veloutée. Il grignotait la chair vermeille, appréciant l'amertume qui emplissait sa bouche.

Le village était en ébullition. A l'auberge des mules, il n'était question que de l'olivade. On misait sur les productions, les quantités, la qualité certainement supérieure à l'année précédente car l'hiver s'était montré moins rigoureux. Les espoirs d'être primé aux concours couvaient chez les récoltants, et les médisances sur les « tasteurs » de la chambre agricole — d'une impartialité relative —, sur les tractations des négociants, sur les courtiers qui définissaient les cours des huiles nouvelles allaient bon train.

— Si t'es de Grasse et que tu connais le maire, t'as des chances... s'écria un paysan qui mâchonnait une vieille chique.

— Ça suffit pas ! Mon cousin de Cabris s'est marié avec une de sa famille et pourtant, des médailles, il n'en a jamais eu ! lui répondit son voisin. Attends, en plus il leur a rendu service : il a choisi la plus laide ! Un véritable épouvantail ! Elle est grosse, boiteuse, décorée d'un bec-de-lièvre ! Quand elle rit, on dirait que toutes ses dents vont tomber ! Des comme ça, moi j'en voudrais pas ! lança un chevrier titubant que le comptoir maintenait debout.

— Mais au moins, lui, il couche dans des draps propres ! Pas comme toi qui te mélanges à tes bêtes... Tes chèvres reconnaissent de suite ton odeur, on dit qu'elles te prennent pour le bouc !

— Si tu as de la bonne huile, un jour ou l'autre ça passe ! lança très sérieusement un conseiller municipal.

— Des sornettes, oui ! On fait partie des puissants ou pas...

— C'est pas le maire qui décide ! Par contre, si tu es dans les bons papiers des représentants du syndicat agricole et de la préfecture, tu es extrêmement avantagé ! s'exclama un ancêtre aussi noueux et marqué qu'un cep de vigne.

— Des vendus ! s'exclama l'aubergiste.

— Oui, mais ils ont fait les écoles d'agronomie, et pour nous rouler dans la farine, ils sont forts ! Surtout le Christian Grenier, le nouvel ingénieur ! lança un buveur.

— Agronome toi-même ! Cette tronche de gobie, avec son costume étriqué, son gilet rayé, sa cravate à pois et son chapeau melon, il a beau te parler des cultures, des récoltes, de la taille, de la jachère, il ne sait pas faire la différence entre une charrue et un cheval, entre une crotte de bique et une picholine ! Ça m'étouffe ! s'écria à nouveau le patron qui virait au rouge écarlate.

— Il n'habite même pas à la campagne ! Monsieur réside à la ville avec le gratin ! Monsieur fréquente le beau monde... renchérit le paysan à la chique.

Les exclamations et les jurons fusaient de toutes parts. Saint-Cabraire semblait se réveiller d'un long sommeil. Du matin au soir, le café ne désemplissait pas. Bergers et cultivateurs, ceux des hameaux les plus reculés, s'y retrouvaient. Chacun apportait des nouvelles. C'était aussi l'occasion de se revoir. Les potins asséchaient des gosiers bientôt rafraîchis, au grand bonheur de l'aubergiste. Malgré cette ambiance bon enfant, on continuait à regarder du mauvais œil le journalier du pays voisin venu quémander du travail. Les bonnes places étaient réservées aux habitués et personne ne souhaitait partager le gâteau.

Les grelots de la voiture de poste qui arrivait sur le coup de l'angélus secouaient littéralement les esprits embués par le vin et l'eau-de-vie. Alors, les buveurs sortaient, s'accrochaient à la queue de leur mule et se laissaient traîner jusqu'à leur habitation.

Des pas dans le couloir. Le fils avait déjà sauté du lit. Edouard frappa à la porte de la chambre de Thérésius. Le père ne dormait pas, il méditait, soucieux. Il tentait de déchiffrer l'énigme des portraits accrochés sur le mur en face de lui. Qu'y avait-il donc derrière la tristesse de son père et la face mélancolique de Léonie, sa mère ? Thérésius écarta les rideaux de la fenêtre et devina derrière la buée de la vitre l'allée sombre du parc et les remises. La place du village était silencieuse. L'aube n'avait pas encore pointé ses premières lueurs.

Adèle activa le foyer et remit des brindilles sur les cendres tièdes de la veille. Les sarments pétèrent dans le fourneau et exhalèrent le poivré de la mousse humide. Elle remplit d'eau un chaudron qu'elle posa sur le rebord du feu, jeta une poignée de gros sel, un bouquet de romarin, du genièvre. Adèle se levait la première. A cette heure, elle avait déjà lessivé le parterre de tomettes rouges de la cuisine. Tians, jattes, dourgues, poêlons, toupins en terre cuite et assiettes creuses étaient rangés sur les étagères surmontant la « pile ». Des rideaux à carreaux blancs et bleus cachaient les tablettes du bas, où s'entassaient les marmites en fonte, les casseroles en fer battu et les gros ustensiles. Sur le confiturier, une série de pots de faïence contenait le sucre, la chicorée, le sel, le poivre, la farine. Un moulin à café trônait aux côtés d'un réveil. Une odeur de javel parfumait la pièce. Edouard beurra de longues tartines de pain, y étala ensuite une couche de fromage caillé et but à petites gorgées un bol de café fumant. Il glissa un regard à son père, accompagné d'un « b'jour » évasif.

— Fils, comme va ?

— Pas plus, pas moins qu'hier…

Il s'étira en se grattant la tignasse.

— Ils arrivent aujourd'hui ? questionna Thérésius.

— Les bergers, j'en suis sûr. Les Ritals, je les espère dans la soirée, au plus tard demain matin…

— Alors, la mère qu'est-ce que tu mijotes ?

Adèle installée à cheval sur une chaise, pilait énergiquement dans un mortier de pierre de l'ail et du cerfeuil. Elle arrosait d'un filet d'huile la pommade qui s'épaississait, puis par de larges mouvements circulaires écrasait à nouveau la mixture. Ses gestes démontraient son assurance et son autorité dans les activités de la maison.

— De la morue et un aillé pour le jour du Seigneur. Edouard, tu en emporteras à Rémi et Paul, ils se régaleront.

Thérésius enfila sa veste et siffla Garibaldi. Après une pause devant le calendrier, il alluma sa pipe. Il remonta le mécanisme de la comtoise et sortit. Invariablement, il s'accordait chaque matin une longue promenade. Durant ce moment privilégié, il laissait libre cours à ses réflexions les plus folles. C'est ainsi que sa plus belle trouvaille avait jailli un jour. La dernière huile, celle de qualité médiocre que l'on rétrocédait à bas prix aux indigents, il ne fallait plus la vendre sur le marché. Elle déshonorait le producteur. Il pensa aux savonneries, aux fabricants de chandelles et de calen, de lampes à pétrole, de lustres. Il dépêcha des courtiers démarcher à Marseille, à Aix-en-Provence, aux tanneries de Barjols, et en Italie visiter les manufactures de draperie et de soierie. Ils prirent des contacts avec la Société de l'éclairage de Nice pour les lanternes des grands boulevards. Ces fonds de cuve désormais cédés aux industriels firent la fortune des Passeron.

Thérésius possédait ses propres presses à l'entrée du bourg, dans une bâtisse de caractère en pierre jaunâtre. Il l'avait acquise, avec des jardins qui l'entouraient, pour une bouchée de pain, après la mort d'un grand-père du pays. Les héritiers attirés par les sirènes de la ville avaient préféré l'usine à une terre souvent ingrate. Thérésius partageait avec les autres agriculteurs son moulin à sang, mû par la force de l'homme et l'énergie des chevaux. Il avait également créé la première coopérative du canton un mois après l'armistice de la Grande Guerre. Edouard, placé dès l'âge de quatorze ans en apprentissage chez le moulinier de Spéracèdes, montra des dispositions particulières et fut désigné bailli : « mestre du moulin de Siagne ». On inscrivit au fronton principal : « Coopérative oléicole fondée en 1918 par Passeron et fils ». Le 14 juillet, le drapeau tricolore fut hissé, la fanfare joua la Marseillaise. Dès lors, Thérésius et Alphonse Grandi, le maire, devinrent les meilleurs amis du monde...

Une odeur rance et piquante imprégnait les voûtes basses et fraîches. Les meules broyeuses en lave se dressaient, immobiles, froides, gémissantes dans leur raideur. Leurs engrenages en acier frappés du sceau « Le Coq, Aix-en-Provence » brillaient dans la pénombre. La grande vis en buis, dénuée de ses madriers, s'élevait sur des cales en bois. Les piles de scourtins étaient entreposées sur des tréteaux dans une cavité en forme de chapelle. De larges jarres barraient le fond, une batterie de louches en cuivre les surmontait. La pièce attenante, qui contenait les « estagnons », les bonbonnes, les bouteilles et les barriques, s'ouvrait sur le comptoir d'expédition accessible aux tombereaux. Pas une toile d'araignée. Un sol ratissé, des fosses de décantation récurées, des tas de bûches rangées près du poêle, la balance romaine réglée... Cet univers était incontestablement celui de l'ordre. Les murs n'attendaient que la sueur des « toucadoux » et le frissonnement soyeux de l'huile première suintant dans les bassins. A l'étage, les chambres : la première pour les Ritals, l'autre pour les bergers, qui ne voulaient pas loger dans le même dortoir que les Piémontais.

« Ils puent la charogne ! râlaient-ils. Toute la nuit, ils chantent, jouent de l'harmonica, font rôtir les saucisses, boivent de la grappa. Et le matin, il faut les tirer du lit ! Ils traînassent comme de mauvaises filles. »

De petites lucarnes permettaient de dominer l'entrelacs des ruelles de Saint-Cabraire, les sumacs rouges colorant l'ubac et, plus loin à l'est, la neige frisant les plateaux de Caille. Dans les soupentes, le grenier aéré et spacieux pouvait accueillir au moins cinquante tonnes d'olives que livraient par roulement les cueilleurs. Les moutures étaient soigneusement séparées dans des cellules individuelles au nom de chaque oliveur.

Rémi et Paul Mongin arrivèrent comme prévu au milieu de la matinée. Partis à l'aube, coupant par les raccourcis, ils avaient atteint le village après quatre heures de marche. L'éternelle casquette vissée sur le crâne et d'où dépassaient des cheveux crépus, leur faciès tanné par les intempéries, les mâchoires toujours serrées, les yeux noirs recouverts par d'épais sourcils en broussaille ne prêtaient pas à la sympathie. Les deux bergers parlaient peu. Un signe de la main ou de la tête suffisait. Célibataires, ils vivaient toujours avec leur mère dans une ferme reculée. Edouard avait essayé vainement, pendant des années, de leur voler un sourire ; seul un bougonnement de satisfaction ponctuait la fin de la journée lors de la paie. Toutefois, leur efficacité et leur savoir-faire restaient incomparables. Ils ne s'arrêtaient qu'à la nuit tombée pour se contenter d'un repas frugal : un croûton trempé dans la première huile et un oignon. Jamais de vin, l'alcool les rendait furieux. L'eau de la source suffisait. Ils déboulèrent donc avec leur mule, une carne musclée à souhait qui ne craignait ni le froid ni la chaleur. Attelée à un énorme arbre, aveuglée, elle allait tourner dans le manège, en cadence, des semaines durant, afin d'entraîner les roues qui trituraient dans la conque en granit les pulpes et les noyaux.

La bête débâtée, ils prirent possession de leur chambre, jetèrent leur besace sur les paillasses. Ils rallumèrent un mégot pendouillant aux lèvres avant d'aller examiner de fond en comble le moulin, vérifiant les machines et disposant les outils selon leurs souhaits.

Le lendemain matin, des sifflotements et des chants alertèrent Edouard et les bergers. Une paille à la bouche, la musette en bandoulière, les godillots suspendus autour du cou par les lacets, Alberto et Giovanni s'annonçaient au bout du chemin. Rémi et Paul ne bougèrent pas. Edouard sortit les accueillir.

— La route est longue de la mer à la montagne ! s'exclama Alberto, soulevant sa casquette pour s'essuyer du revers de la main.

— Et d'Alba à Menton, c'est pas du gâteau ! ajouta Giovanni. *Mounta, cala, mounta.* On a beau faire signe aux carrioles, personne ne s'arrête ! On dirait qu'on a la gale.

De solides poignées de main, de grandes claques dans le dos, des embrassades poussiéreuses... L'équipe était dorénavant au complet.

— Je vous attendais plus tôt, dit Edouard.

— On est passés par Nice pour voir la famille, expliqua Alberto.

— Deux fois par an, une fois à l'aller, l'autre au retour.

— C'est qu'on n'a pas souvent l'occasion de rencontrer les neveux et les nièces. A chaque passage, ils nous présentent de nouveaux rejetons, reprit Giovanni.

— Il faut leur amener des cadeaux, du fromage, du saucisson, du dolcetto... Leurs têtes sont toujours au pays, c'est comme ça...

— Les enfants de chœur sont arrivés ? demanda Giovanni, l'air narquois. Toujours aussi sympathiques ?

— Depuis hier.

— L'an passé, ils sont partis comme des brigands, sans un au revoir, alors cette année, je ne leur offre pas le bonjour ! rigola Alberto

Edouard appréciait l'insouciance des Italiens et leurs rires, qui animaient les dures journées de labeur.

— Reposez-vous aujourd'hui. Demain, on se met au boulot !

Aux alentours de la Toussaint, avec la récolte, aboutissement de tant de mois d'attention, l'anxiété s'emparait des propriétaires terriens. Il avait fallu tout donner à cet arbre mythique pour obtenir l'essence de sa sève. Il était une bénédiction des dieux. Son bois, tressé au cèdre, composait la croix du Christ, l'arbre de la colombe blanche ; ses rameaux, les symboles de la paix et de la sagesse. Seuls ses apôtres seraient abondamment récompensés.

« *Coura l'oli n'es pas à Toussant, l'es pas de tout l'an*... Quand il n'y a pas d'huile dans l'olive au 1er novembre, ce n'est pas la peine d'attendre plus longtemps ! » s'exclamaient les producteurs devant les branches abondamment garnies.

Et d'autres répliquaient pour conjurer le mauvais sort : « A la Saint-Martin, olive au couffin ! »

Thérésius se démarquait nettement de la folie ambiante qui régnait à cette période. Tout le monde sans exception voulait participer à l'olivade. Les bigotes délaissaient l'église, et même les jeunes pucelles de bonne famille, cloîtrées par leurs parents, se présentaient aux récoltants, cherchant dans les oliveraies le regard noir ou le sourire d'un gars du canton. Le patron du Val des Costes possédait une équipe fixe, la même depuis des années : des voisins, des oncles, des tantes, qu'il payait convenablement. Ceux-ci œuvraient par n'importe quel temps sans jamais rechigner à la tâche. De l'aube au crépuscule, chacun souffrait en silence.

Thérésius vérifia les dessertes, les passages des porteurs, les sentes pour les attelages. Il jaugea l'état des échelles, des sacs, des toiles, des paniers et des gaules. Puis son regard se porta sur les crêtes de Castellane. Le ciel était dégagé ; pas un nuage ne venait faner la densité du bleu. Au sud, l'horizon se confondait avec la brillance de la Méditerranée et le soleil plongeait ses rayons au plus profond des abysses. La luminosité montait aussi de la Siagne, mouvante, sauvage, pleine de vie. Thérésius revint sur les alignements de ses arbres, dressés en rangées fières et drues balayées par les ombres violacées des ramages : une constellation accrochée aux flancs des ribes d'où jaillissaient les chapelets de drupes.

— *Oulivié de tout gran, castagnié de toun paire, amourié Touniet.* Tu profiteras de l'olivier planté par ton grand-père, du châtaignier planté par ton père et seulement du mûrier que tu as planté, marmonna-t-il en effritant une poignée de terre grise.

Il se sentait dépositaire d'une tradition qu'il retransmettait à son tour, perpétuant ainsi une chaîne infinie. Son acharnement avait payé. Il savait pertinemment que l'olivier aimait être adulé. Les fruits résultaient de la communion entre l'homme et les racines, et Thérésius avait su dompter le sauvage. La récolte serait parfaite, et son huile, d'un grand cru, onctueuse, colorée d'un vert tendre. Sa réputation en dépendait.

Patiemment, Passeron préparait l'avenir. Car la culture de l'olive requérait du temps : douze ans avant que n'éclosent les premiers fruits médiocres, et trente pour obtenir une manne de qualité. Il marcottait les rejets vigoureux. Plus bas, en bord de Siagne, les germes semés en rigole, protégés par des lentisques, dans des semis recouverts de litière, délivraient des noyaux, perçaient la croûte de limon et exhibaient de tendres pousses.

« Dans cinq ou six ans, on bouture ! lançait-il sempiternellement à Adèle.

— Dans cinq ou six ans, qui sait où l'on sera ! répliquait-elle.

— C'est à Edouard que tout ça reviendra.

— Laisse-le vivre, ce garçon ! Il n'a que vingt et un ans, il faut qu'il se trouve une femme ! »

Son fils et ses plantations constituaient pour Thérésius une double source de jouvence. Il se frotta les mains. La récolte se montrait généreuse. Les olives, pas trop mûres, revêtaient un habit de cérémonie. Leur peau mince, craquante, brillante et la pulpe ferme se détachaient parfaitement du noyau. Rien à voir avec celles des oléiculteurs du bord de mer qui arrosaient sans cesse leurs terrains et récupéraient à l'arrivée un produit gras et fade. Seule la rosée baignait la propriété de Thérésius. Le ciel allait bénir dix mois d'intense lutte.

3

Dans la pâleur de l'aube, les groupes de cueilleurs se dépêchaient vers les vergers. Chaudement emmitouflés et savamment chapeautés pour se protéger du froid et des branches acérées, les hommes et les femmes avaient enfilé des mitaines qui réchauffaient leurs poignets et leurs paumes tout en laissant libres les doigts engourdis. Les équipes d'« oulivarelle » fourmillaient. Chaque geste devait être juste. Le travail réclamait une parfaite organisation. Il fallait cueillir vite, jamais après la pluie car le moindre frottement entaillait un tronc à vif. Mais personne n'était à l'abri du vent d'est, d'une averse, voire de la neige. Les anciens se méfiaient du Saint des Saints. Et ils avaient raison. Novembre et décembre étaient redoutables. Au Val des Costes, le ramassage durait au moins six semaines.

Chaque hiver, Thérésius passait des nuits entières à examiner la clarté de la lune, guettant les moindres brumes qui masqueraient les crêtes. Il avait également embauché un garde armé qui protégeait des pilleurs. Restanque par restanque, les journaliers avaient installé de longues bâches couvrant le pied de l'olivier, qui s'étalaient au-delà de l'ombre du feuillage. Comme dans un ballet les cueilleurs œuvraient. Les jeunes, robustes et agiles, grimpaient sur les branches charpentières pour accéder au faîte, situé parfois à une hauteur de dix à quinze mètres. Un cabas en bandoulière maintenu aux épaules par une courroie de cuir, ils s'aventuraient au mépris du danger jusqu'aux extrémités les plus lointaines. Les doigts repliés en forme d'étrille, protégés par des bouts de corne de chèvre enfilés sur les phalanges, ils peignaient la branchette. Il n'était pas question de laisser une olive. Pour les fruits hors de portée, ils employaient les gaules, de fines perches de noisetier coupées sept jours après la pleine lune, tapant dans le sens des rameaux et des feuilles. Arracher ou tordre une tige relevait du sacrilège. L'olivier faisait peur. Avant de l'escalader, les oliveurs balbutiaient un acte de contrition et se signaient. La crainte d'une chute était omniprésente.

A cheval sur les fourches ou installées sur des cavalets, un panier accroché à la ceinture, les filles les plus hardies et les plus légères ramassaient, une par une, les olives accessibles dans les parties touffues. Leurs mains fouillaient l'intimité épaisse du feuillage. Une fois les couffins remplis, elles les faisaient glisser jusqu'aux toiles où d'autres les récupéraient et les vidaient dans des banastes. Au sol, les vieilles récoltaient sur les branches basses. Courbées toute la journée, elles avaient appris à vivre avec une douleur aux reins lancinante.

Parfois, elles se redressaient, cambraient le dos, s'étiraient. De la buée sortait de leur bouche. Elles soufflaient dans leurs doigts meurtris par les coupures et les échardes. Mille fois les mêmes gestes répétés, mille douleurs entaillaient leurs corps endurcis. Quant aux fillettes et aux garçonnets, ils s'occupaient des fruits éparpillés dans les fossés. Composé de quatre ou cinq personnes, chaque groupe tournait lentement, dépouillant méticuleusement les oliviers. Les paniers remplis étaient ensuite vidés dans des sacs en jute. Le soir, les chariots chargés transportaient la récolte jusqu'aux greniers pour qu'elle soit triée. On séparait précautionneusement les olives séchées ou gâtées. On éliminait les lichens, les brindilles et la terre. Cette opération terminée, on disposait les fruits dans des caisses en bois ajourées, avant de les livrer au moulin.

Les ouvriers de Thérésius marquaient une pause sur le coup de midi. Autour d'un feu de bois, ils grignotaient des saucisses grillées sur des tranches de pain, du fromage, des noisettes et buvaient du vin chaud. Les femmes amenaient avec elles les nourrissons dans les berceaux en osier, qu'elles abritaient dans le cabanon à outils. Lorsque la froidure devenait intense, elles prenaient une pierre brûlante dans les braises et la glissaient sous les couvertures. L'air vif endormait aussitôt les marmots. A la fin de la journée, tout ce petit monde rentrait à la maison, avec comme seule envie celle de profiter d'un grand sommeil réparateur.

L'olivade achevée, Thérésius laissait les pauvres glaner les olives oubliées sur les arbres ou égarées dans les hautes herbes. C'était la tradition avant les fêtes de Noël. Mais la rage lui montait à la gorge lorsque la Moura s'aventurait dans le Val des Costes et grappillait les bribes d'une récolte fructueuse. Elle saisissait à pleine poignée des olives fripées et, lui montrant son trésor, elle hurlait :

« Ça, c'est à moi et tu ne me l'enlèveras pas ! beuglait-elle avec un air de chouette égarée.

— Si tu t'occupais mieux de tes oliviers, je t'ouvrirais les portes de mon moulin !

— En échange de quoi ? Je sais ce que tu manigances, toi et ceux du village ! Ton moulin, tu peux te le garder ! J'espère que les meules t'écraseront ! Je n'en pleurerai pas ! »

La Moura bascula la chaise du malheureux Mastègue et la tira jusqu'au pas de la porte. Ebloui par la lumière matinale, il hocha la tête et articula des grognements de goret, accompagnés par des mouvements fébriles de la main. Paralysé depuis sa chute dans le puits, le pauvre hère n'était plus qu'une marionnette de chiffon à la gueule écrasée, que la Moura sortait le matin, qu'il vente ou qu'il pleuve, et rentrait le soir. Il n'en avait pas toujours été ainsi. Avant l'accident, Mastègue, paysan courageux, était apprécié de tout le village pour son travail et sa discrétion. Sa femme restait chez elle à la Manuella, une campagne de quelques ares plantée au milieu du Val des Costes. Mais personne n'aurait imaginé le calvaire de la pauvre fille. A l'époque, tout le monde s'entraidait. Troupeaux et charrettes circulaient librement. Puis, un printemps, il y eut le saut, tête première, inexplicable, incohérent, absurde. On sortit Mastègue du puits avec un palan de fortune. La Moura ne voulut pas qu'il soit transporté à l'hospice de Grasse et préféra le soigner à demeure. Par malheur, il survécut. Sans langue, le cerveau divaguant, les membres morts ! Le destin en avait décidé ainsi. Ce n'était pas son heure. Les ragots allèrent bon train. On regarda la Moura de travers ; on ne lui adressa plus la parole ; on la força petit à petit à se cloîtrer dans sa misérable cahute ; on lui enleva le bonjour. Sujet des pires infamies, elle devint celle par qui le désespoir arrivait, la coupable de tous les maux du canton. La Moura serrait les dents et ne répondait rien, jusqu'au jour où elle fit construire par des maçons de Callian une sorte de rempart cernant sa propriété et descendant jusqu'aux abrupts de la Siagne. On était dorénavant obligé de faire un détour de plusieurs kilomètres pour accéder à la rivière ou pour retourner au village. Pour toute explication, elle s'exprimait avec sa pétoire.

Le mur fut l'objet de vifs débats, tant et si bien que le village se partagea en deux clans : ceux qui n'étaient pas concernés par l'affaire et souhaitaient éviter toutes les tracasseries, et ceux dont les terres se trouvaient divisées, comme le Val des Costes. Même si ces derniers gueulaient fort, ils n'osaient pas s'attaquer à la virago. Les élections municipales furent relativement mouvementées, mais le maire parvint à ramener le calme au pays. L'histoire de la Moura bouleversait Grandi. Le samedi, après le marché, il lui apportait de menues provisions qu'il laissait à quelques pas du portillon. Une sorte de murmure lugubre émergeait de derrière la clôture en guise de remerciement. Grandi ne retrouvait la sérénité qu'après un bon verre de gnôle.

« Mais, enfin, elle n'a rien à se reprocher ! disait-il au conseil municipal. L'enquête l'a prouvé. Il n'y a aucune raison de s'acharner sur cette bougresse !

— Tu parles d'une enquête ! Les gendarmes ne sont venus que deux fois et ont rapidement abandonné leurs investigations. Ça doit en arranger certains...

— Son mur, il emmerde tout le monde !

— Qu'est-ce que j'y peux, c'est sa propriété ! hurlait Grandi. Ce n'est pas pour ça qu'il faut accuser une pauvre innocente de diableries !

— Son mari, tu as vu dans quel état il est !

— Qu'est-ce que vous voulez que je fasse ? Pas un d'entre vous n'a le courage de taper à sa porte pour lui proposer son aide ! »

A chaque séance, on reparlait des frasques de la Moura et de sa muraille. Tout le monde spéculait sur les traitements qu'elle infligeait à Mastègue, mais personne n'osait affronter cette diabolique. Elle ricanait avec les pies, caressait renards et loups, terrorisait les enfants et amenait le mal aux femmes enceintes, disait-on. On évitait donc de la croiser. On n'avait pas envie de voir un rapace, les ailes étendues, clouées sur les montants de la grange, un rat lié par la queue sur la porte d'entrée des maisons, des paquets de chauves-souris glissés entre les volets, des cabanons agités un beau matin par des feux suspects ou encore la fontaine empoisonnée…

Le dimanche, elle avait sa place à l'église, derrière le confessionnal, à l'écart des bigotes, sous le tableau du grand saint Antoine visitant saint Paul et partageant le pain offert par un corbeau. Adèle haïssait cette peinture, la douleur de saint Paul lui rappelait celle de Mastègue. Vêtue de la même robe sombre et sale, la Moura chantait tout au long de l'office le cantique des morts. Lors du sermon, le curé, du haut de sa chaire, la toisait et lui adressait les paroles des évangiles. Dans un ultime geste de provocation, elle crachait sur les dalles et partait. Adèle en avait des sueurs. Accrochée à son missel, elle fixait le bout de ses chaussures jusqu'à ce que le dernier amen soit prononcé. Le démon communiait avec la Moura. Il n'y avait pas de doute.

Thérésius ne fléchissait pas devant l'arrogance de la Moura. Au fil des ans, son immense contrariété était devenue une obsession. Certains jours, des pensées saugrenues le traversaient, des idées coupables, terribles. Souvent, il caressait la crosse de son fusil. Cette femme dure au mal le fascinait. Combien de fois l'avait-il croisée dans la montagne, sarclant de curieuses plantes que lui ne donnerait pas aux bestiaux. Quand leurs regards se défiaient, une sorte de fluide traversait leurs veines, une force obscure se mélangeait à leur sang comme s'ils devaient un jour se parler ou s'affronter. Thérésius devinait un étrange mélange de révolte et de vengeance. Parfois, la compassion l'emportait. Il se demandait comment le couple pouvait survivre dans ce mas en ruine dont ils n'occupaient que le rez-de-chaussée. Car, à la mort de ses parents, elle avait fermé à double tour les chambres, cloué les volets, condamné l'accès à l'étage afin que leurs fantômes ne s'échappent pas de la maison.

« Entre voisins, on est bien obligé de se supporter, annonçait-il amèrement à Edouard. Mais le jour viendra où...

— Quel jour ? demandait Edouard.

— Tu verras bien... »

La Moura plaça Mastègue à l'extrémité d'une terrasse vétuste réparée avec des planches clouées à la va-vite. Elle l'attacha au dossier pour ne point qu'il bascule en avant.

— Dans une heure au plus, le soleil câlinera tes pieds.

Elle s'avança au milieu de son lopin et se laissa emporter par les ondulations de la vallée. La nature hostile résonnait en elle tel un tocsin permanent. Elle suivit le vol d'une buse et tressaillit au cri strident d'un geai invisible. « Ce soir, j'irai poser des pièges, se dit-elle, la lune est pleine, c'est bon pour les lièvres et les écureuils. » Son regard se porta ensuite sur les cueilleurs de Thérésius perchés dans leurs arbres, besognant sans relâche.

— Regarde-moi ces esclaves ! Ils travaillent pour le seigneur des Costes ! Mastègue, toi qui as été un des leurs, qu'est-ce que tu en penses ?

La Moura revint vers son mari en reniflant, suivie par un bouc si maigre que les côtes se détachaient du poil. Elle releva un pan de sa robe, se moucha longuement dans la doublure.

— Eh bien, mon cochon, tu ne sens pas la rose !

Elle ôta les hardes, dévoilant ainsi les jambes décharnées de Mastègue, et constata la souillure nocturne de celui-ci.

— Heureusement que tu ne couches plus dans mon lit ! Je ne supporterais pas ta fiente. Si tu me le demandais, je t'apporterais la tinette ! Mais non, Monsieur joue au malade ! Monsieur a besoin d'une femme de chambre, comme chez les riches ! Je t'en foutrai, oui !

Elle remonta du puits deux seaux d'eau et aspergea entièrement Mastègue. Avec une balayette en ajonc, elle le nettoya et le rinça.

— Voilà. Je laisse Monsieur sécher, maintenant.

Mastègue claquait des dents. Sa peau se colorait de plaques violettes. Depuis l'accident, il était soumis à ce régime sans pouvoir aucunement s'en défendre. Le soir, elle l'installait près de l'âtre et le recouvrait d'un édredon en peaux de mouton tannées. La fumée et la suie enveloppaient l'intérieur d'un noir âcre. Y gisait pêle-mêle ce que la Moura récupérait lors de ses rares sorties : ferrailles rouillées, cercles de barriques, araire, ustensiles divers, cagettes, paniers… Elle avait aménagé sa paillasse à côté de l'ouverture donnant sur le poulailler et l'étable, profitant ainsi de la chaleur des animaux. Les étagères regorgeaient de flacons, de décoctions, de potions.

La Moura fit chauffer un reste de lait. Dans un bol, elle mélangea de la mie de pain et en fit une bouillie pâteuse et compacte.

— A nous deux ! cria-t-elle. Aujourd'hui, c'est fête !

Cuillère par cuillère, elle enfournait la mixture dans le gosier de Mastègue. Il s'étranglait à chacune d'elles. Une bave blanche humectait ses lèvres et dégoulinait sur son menton. Elle racla minutieusement le récipient pour une dernière bouchée.

— Et voilà !

Elle remonta enfin les chiffons sur le corps gelé de Mastègue et s'en fut à ses occupations quotidiennes.

Avant le transport de la récolte journalière aux greniers pour le triage, les porteurs rangeaient les banastes de toile de chaque côté du chemin. Certains sacs étaient appuyés contre la muraille de la Moura. Elle dégageait une pierre sèche au-dessus de chacun d'eux, constituant ainsi un accès évasé pour le passage du bras. Consciencieusement, elle puisait de larges poignées d'olives et en remplissait des besaces. « Ni vu, ni connu ! Moi, je n'ai pas besoin de me crever ! On travaille pour moi ! A ta santé, Thérésius ! Et à demain ! » La Moura gloussait de joie. Elle allait cacher son butin au fond de la remise et barricadait solidement la porte avec un madrier.

4

Les vingt-quatre moulins de Grasse et de l'arrière-pays fonctionnaient à plein régime. La course commençait. Car ceux qui parviendraient à proposer leurs produits les premiers sur le marché profiteraient des cours les plus intéressants. Thérésius, lui, prenait son temps, préférant la qualité à la rapidité. Un simple incident pouvait mettre à mal des années de labeur. Malgré une rude concurrence, jamais les Passeron ne tricheraient sur la fabrication de leur huile vierge. Sa saveur irréprochable, subtile, allant du jaune ambré au vert tendre, était réservée à la consommation dans les hôtels et restaurants de luxe qui foisonnaient sur la Riviera. La deuxième pression, dite « fine », plus douce, de très bonne facture, était vendue dans les épiceries huppées. Quant à la dernière, « courante » ou « semi-fine », au goût plus brut et à bas prix, elle était destinée aux revendeurs à la criée. Thérésius maudissait les marchands du Temple qui, pour augmenter leurs bénéfices, procédaient sans pudeur à des coupages avec des produits de provenance étrangère, voire avec de la graisse ou bien encore avec des arachides d'Afrique du Nord, d'Italie, d'Espagne ou de Grèce.

Edouard comptait les sacs, les caisses, les cagettes ajourées, marquées au nom du producteur. Alberto et Giovanni les montaient ensuite au grenier pour les déverser dans des casiers numérotés, appelés « grunels ». Il pesait la marchandise, en vérifiait la propreté. Une longue file de tombereaux s'allongeait dans la ruelle, jusqu'à l'entrée du village. Les charretiers, transis de froid, enveloppés dans leur manteau et leur écharpe de laine, patientaient en buvant des rasades de vin, se passant le *fiasco* de l'un à l'autre. Lorsqu'une banne était déchargée, ils desserraient le frein, lançaient un coup de fouet qui effleurait à peine la croupe, et l'attelage avançait d'un mètre ou deux. Les lourds chevaux renâclaient, grattaient d'impatience le sol humide, trépignaient des heures durant. Les oreilles braquées vers l'avant, les naseaux ouverts, la queue fouettant l'air, ils secouaient l'encolure dans un tintement d'anneaux et de cuir.

La récolte de Thérésius avait la priorité sur celle des autres paysans. Elle reposait trois ou quatre jours dans le cellier avant le triturage. La température des tas s'élevait. La pulpe retenant les sucs se ramollissait, ce qui rendait le broyage plus efficace et intensifiait le parfum. Les olives rebouillaient sans perdre leurs arômes naturels. Le « mestre moulinier » veillait aux moisissures et aux maladies. Les olives devenaient blettes, mais pas attaquées. Les « margines » brunes suintaient, s'infiltraient dans la pièce et dégoulinaient dans les escaliers.

Edouard plongea ses mains dans les tas et mesura l'âpre chaleur qui s'en dégageait. Il décida de passer à la presse. Son équipe était prête à fonctionner jour et nuit.

Alberto et Giovanni préparèrent une motte, l'équivalent de quatre sacs de jute. Par une goulotte en toile qui partait des solives du grenier, ils laissèrent s'écouler un roulis ébène dans la mare de l'auge.

— Secoue la manche ! ordonna Rémi.

La gouttière s'engorgeait, formant un bouchon dont les olives s'échappaient avec lenteur.

— Elles sont plus grosses, cette année, elles passent moins bien, rigolèrent Alberto et Giovanni.

— Putain d'Italiens ! jura Paul.

— Dignes fils de leur mère, renchérit Rémi.

Un claquement de badine, un puissant « hue dia ! » : la mule, aveuglée par un bandeau noir, l'encolure liée à un mât en buis, commença à tourner au pas, entraînant la couronne en bois de mûrier garnie de longues dents. Les pierres mobiles patinèrent pour s'ébranler doucement dans la conque. La bête entreprenait son manège infernal. Les deux roues de lave rainurées de neuf cents kilos en action, le roulement sourd des meules sur leurs engrenages, le craquement des barres, les invectives de Paul et Rémi, le hennissement de la mule dont le poitrail était trempé d'écume grisâtre, la chaleur ambiante et l'obscurité permanente faisaient de ce lieu une antichambre de l'enfer. La sueur se mêlait au sang, l'homme et l'animal communiaient dans la souffrance afin d'extraire l'or des entrailles de la terre.

Il en était ainsi des moulins à sang !

Les meules crissaient, grinçaient, couinaient, dans une régularité d'horloge, « détritant » pulpe et noyaux, fabriquant une pâte noire, onctueuse, homogène. Rémi, une palette à la main, raclait les bords de la margelle et rabattait dans le fond de la vasque, sous les broyeuses, la matière échappée et les éclaboussures sanguines. Les producteurs, soucieux de leurs moutures, observaient les ouvriers, essayant surtout de percer le secret jalousement gardé d'un apprentissage ancestral. Mais en vain. Le « gaubi », le savoir-faire, n'était délivré que sur le lit de mort, aux enfants, après la confession et la bénédiction du curé... Et encore ! Thérésius, quant à lui, était trop anxieux pour ne pas assister au spectacle.

Les ordres d'Edouard résonnaient. Il rendait ingénieuse la façon d'écraser, de presser, modifiait par des réglages habiles les mouvements des engrenages. Il apprivoisait la machinerie.

« Vaï ! Vaï ! » hurlait Paul lorsque la bête ralentissait. Celle-ci reprenait la cadence.

Au bout d'une heure et demie, la manœuvre fut achevée. Débarrassée de son joug, la mule rejoignit l'enclos où l'attendaient une généreuse dose d'avoine et une brassée de fourrage. Le crin reluisant, elle s'ébrouait longuement puis s'abreuvait dans un demi-tronc évidé.

— Du bon boulot, ma fille ! lui lança le berger.

Dans le moulin, le silence régna alors. La matière était prête. Son odeur forte embaumait l'atmosphère moite et capiteuse. Nos sorciers remplirent les scourtins en sparte tressé, uniformisant douze kilos de cette bouillie à la main. Ils les empilèrent les uns sur les autres sur la presse pour former une colonne à hauteur d'homme, bien droite. Du fait de leur seul poids, un liquide aux teintes bronze s'échappait des mailles et gouttait sur le pourtour.

— Regarde la barbe ! s'écrièrent les Ritals.

— Bien pleines, bien riches, apprécia Edouard.

Il imbiba son pouce et son index de cette bave, frotta ses deux doigts dans un mouvement circulaire, lent, les porta sous son nez, huma les arômes riches d'un parfum d'herbe fauchée, et « tasta » l'amertume du bout de sa langue.

— Alors ? questionna Thérésius.

— Légère, ardente... répondit Edouard, les yeux brillants.

— Piquante ?

— Juste ce qu'il faut.

— Pas de rance ? s'inquiéta Thérésius.

— Non. Rassure-toi, on ne sera pas déçu ! Tu peux parader à Grasse en costume, la fleur à la boutonnière, et visiter tes courtiers.

Rémi racla le fond de la vasque et nettoya les roues avec un simple balai de genêt. La broyeuse devait être immaculée avant que la motte suivante roule dans le cœur de la conque. Ils calèrent des plateaux en bois sur la cariatide de scourtins et firent glisser la vis en buis. Dans une encoche, ils introduisirent un axe. Deux « barrejaires » poussaient, deux autres tiraient ; l'énorme madrier de plus de cinq mètres de long actionnait le mécanisme distributeur. Torse nu, dégoulinants, les muscles des bras saillants et brillants, calés sur leurs mollets, les cuisses tendues, ils faisaient tourner et descendre la vis. Des hurlements de rage décuplaient leur force. Le bâti craquait, les cernes des montants gonflaient et s'arquaient. Dès les premiers serrages, l'essence du Val des Costes coula en filet discontinu dans la rigole.

— Encore, encore ! hurla Edouard.

Les hommes jouaient un combat titanesque avec l'engrenage, une lutte sans merci contre la matière. Ils secouaient le levier, reculaient d'un cran lorsque, bloqué, le plateau refusait de bouger et, dans un élan démesuré, ils l'obligeaient à descendre d'un tour ou deux.

— Encore !

Un ultime « han ! », et ils arrivèrent au bout. Alberto s'affala sur la barre, grimaçant.

— J'en peux plus, *Vierge santa* !

— Bon travail, les gars ! les félicita Edouard.

Ils burent et s'arrosèrent largement d'eau. Leurs mains les brûlaient. Les scourtins étaient secs comme des amandes. L'huile vierge ruisselait dans la rigole du pressoir et s'écoulait dans un seau à bec en fer blanc, la « bidola », avant d'être transvasée dans les jarres vernissées où elle allait sommeiller afin de se clarifier. Thérésius suivait attentivement cette première pression, conquis par la vigueur des ouvriers d'Edouard. Il ne tarissait pas d'éloges à leur propos : « De foutus caractères, mais de formidables manœuvriers », précisa-t-il à Adèle le soir venu.

Ces employés savaient la grande estime que leur portaient les Passeron, et la famille pouvait compter sur leur fidélité à toute épreuve ainsi que sur leur amitié sincère.

— Combien ? demanda Thérésius à son fils.

— Douze à quinze kilos d'huile par cent kilos, une motte bien pesée.

— Pas mal, pas mal...

— Et couleur de miel...

Thérésius goûta son élixir. Il fit rouler la salive dans ses joues et claquer sa langue. Il fronça les sourcils, puis quelques secondes après s'exclama :

— Une année bénie ! Le petit Jésus a répondu aux prières d'Adèle !

Le poêle roulait à fond. Les chaudrons gargouillaient. Alberto et Giovanni desserrèrent la presse, remontèrent la vis et les plateaux au plus haut, arrosèrent les scourtins d'une mesure de cinq litres d'eau bouillante. Le travail reprit. Un mélange vermeil tombait à grands flots dans un profond cuvier de décantation. L'huile, de moins forte densité, remontait à la surface. Edouard, muni d'une cuillère plate en étain, la « feuille », la cueillait et la déposait dans des barriques. Les déchets de pulpe, de noyaux, de chair non écrasée se déposaient au fond. Le produit ainsi décanté était transvasé au bout d'un mois dans d'autres récipients. Epuré de ses parties crasseuses, il perdait son âcreté. La deuxième pression, également dénommée « fine », était née. Ils effectuèrent une troisième opération de pressage pour en tirer l'huile de table « courante » ou « semi-fine ».

Le liquide restant dans le cuvier était envoyé par d'énormes vannes dans des bassins souterrains en brique, installés dans les caves du moulin. Une substance insipide surnageait et se révélait : l'« huile de l'enfer », celle des pauvres. Cette « huile lampante » constituait un moyen de combustion efficace et peu onéreux. A la demande d'Adèle, Thérésius faisait don à l'église de bidons de ce résidu pour alimenter les lampes à huile. Quant à Alberto et Giovanni, ils vendaient aux fermes et aux paysans les restes des noyaux écrasés, les « grignons » — aliment prisé des poules, dindons et vaches, surtout lorsqu'en plein hiver le fourrage et le grain se faisaient rare.

Le dimanche, après la messe, producteurs, récoltants, cueilleurs, mouliniers se retrouvaient dans la pénombre du moulin pour un gigantesque repas, la *brissauda* : des fougasses chaudes arrosées d'huile vierge, des croûtons de pain grillés frottés d'ail et arrosés du sacro-saint liquide, de l'aïoli aux escargots, le tout accompagné de vin rouge et rosé. Chants, danses, airs de galoubet accentuaient la convivialité du moment. Mais bien entendu l'huile était au centre de toutes les conversations. On comparait les années, discutait, sans en avoir l'air, des cours actuels et des bénéfices engendrés par cette essence céleste.

5

La Moura finissait de gauler les branches basses des oliviers de la Manuella. Avec le butin glané dans les vergers et celui chipé à Thérésius, elle put caler dans une brouette trois sacs copieusement remplis.

— Allez, Mastègue, je te laisse pour la journée.

Le bougre trépigna, laissa échapper un flot de salive et émit un borborygme aigu qui transperça les tympans de la femme. Le fait de rester seul le paniquait. Incapable du moindre geste, il se savait à la merci d'un rôdeur ou d'un prédateur. N'entendait-il pas en plein hiver les hurlements des loups descendus des crêtes de Gréolière, de Gars ou d'Entrevaux, en quête de nourriture ? Les meutes affamées se rapprochaient des habitations.

— Alors on se tient plus ? Te fais pas de mouron, je serai de retour demain matin, au plus tard dans l'après-midi. Le moulinier me prêtera bien son grenier pour dormir. T'as qu'à regarder en face, tu me verras passer.

Les plaintes de Mastègue s'amplifièrent. C'était comme si la Moura le torturait ou l'assassinait encore un peu plus. Il aurait voulu implorer sa pitié, mais aucune parole ne sortait de ses lèvres. Les mots restaient empalés au fond de sa gorge. Il gémissait et pleurait, sans qu'elle veuille entendre ses supplications. Il aurait tout offert pour que la dégringolade n'ait jamais eu lieu, pour recouvrer ses forces d'antan. Avant... Il percevait encore cette eau croupie qui remplaçait le sang dans ses veines. Il flottait dans une mélasse insipide. Le vide, le grand vide l'endormait. Il attendait le glissement régulier de sa vie. Il dérivait au fond de lui-même. Un lourd fardeau de plomb lesté dans son cœur le maintenait dans un songe éveillé.

— Tu auras la compagnie des renards et du bouc !

Elle tâta les testicules de l'animal.

— Toi, au moins, tu en as ! Cette carne te protégera ! s'exclama-t-elle en renvoyant à grands coups de pied la bête auprès de l'impotent. Tu serais heureux de mourir, eh bien non ! Laisse-moi un peu de plaisir, encore un peu... Tu mijotes dans ton bouillon, à présent ! Les souvenirs, ça mine son homme ! Enfin, ce qu'il en reste. J'ai fauté, c'est ce que tu penses, hein ? Je le sais. Dans le temps, vois-tu, je préférais les tendresses aux coups de trique et les escapades à l'enfermement dans l'écurie ! A demain, vieux !

Elle tira le portail de la Manuella derrière elle, passa une chaîne dans un trou de planche, l'entoura à un pilier, fit plusieurs tours, cadenassa le portail, cacha la clé sous une pierre plate, puis secoua l'ensemble pour vérifier l'efficacité de l'opération.

— Que Mastègue crève, je m'en fous, mais qu'on rentre chez moi, que l'on fouille et me vole... ragea-t-elle à haute voix.

Elle partit vers Callian, de l'autre côté de la rivière, sur la montagne d'en face car elle se refusait catégoriquement à presser au moulin des Passeron. Elle avait quatre lieues à parcourir par des traverses périlleuses, mais cela ne lui faisait nullement peur. Depuis l'accident, sa colère décuplait. Ce n'était pas sa faute si Mastègue s'était montré violent, l'avait rouée de coups pour un oui ou un non ! Ce n'était pas sa faute non plus si le vin, litre après litre, bonbonne après *fiasco*, lui avait chauffé le cerveau ! Une jalousie maladive l'avait rendu fou. Il était vrai que dans le temps la Moura était rudement gironde. Les cernes bleutés entourant ses yeux clairs lui donnaient un aspect de madone triste. Elle attirait souvent les regards et les convoitises. A tout juste seize ans, ses parents l'avaient mariée de force pour s'en débarrasser. On la disait fille facile, niaise, et les rumeurs allaient bon train sur ses aventures.

Mastègue, en la prenant comme femme sans connaître réellement son passé, héritait de la propriété. En fin de compte, l'affaire n'était pas si mauvaise que ça. Malgré les apparences, la Moura savait se tenir. Fidèle à son époux, elle ignorait les fanfaronnades et le baratin de certains courtisans. Combien de fois avait-il cinglé son dos à coups de ceinture, la privant aussi de nourriture et d'eau, sans aucun motif ! Mastègue la Barrique méritait largement son sort. La Moura lui rendait maintenant des années de misère et d'esclavage. « Il m'a bouffé ma jeunesse. Dieu l'a voulu ainsi. Tant pis pour lui, tant mieux pour moi. Aux autres, ces bouffons de pacotille, je ne leur pardonnerai jamais ! Ils ne sont pas près de m'oublier. Même crevée, je reviendrai leur demander des comptes ! »

Le froid la saisissait. Elle essuya du revers de la main la goutte qui pendouillait au bout de son nez. Les cailloux pénétraient dans ses godillots. Elle s'arrêtait parfois pour se débarrasser des gravillons, tapant ses savates contre les rochers. Dans les sentes pentues, les à-coups de la brouette brisaient ses épaules. Des pierres giclaient et roulaient en contrebas. Des feuilles froissées et pourpres crissaient sous son poids. L'hiver avait desséché et jauni la végétation. Elle retenait la charge de ses maigres forces, la chavirait à terre lorsqu'elle était à bout, rechargeait, crachait dans les mains et repartait de plus belle. Elle suivait un chemin argileux, zigzaguant entre un abrupt et un rempart de calcaire, entre des ronces chevillées et des plantes immortelles. A chaque pas, elle parcourait un chemin de misère. Elle ne trichait pas. On lui avait infligé cette existence, elle l'endurerait jusqu'à son dernier soupir. Elle se savait innocente ! Les villageois l'accusaient parce qu'ils en voulaient à son terrain. Rien à faire, elle ne céderait pas. La Manuella, c'était la maison dans laquelle elle était née et celle dans laquelle elle mourrait.

Elle dénoua son fichu et le fourra dans la poche de son tablier. En réalité, Mastègue avait glissé sur les dalles gelées. Elle avait essayé de le retenir, mais sa masse l'avait entraîné dans un plongeon funeste. Cent kilos ne s'attrapent pas comme ça ! Comble de la fatalité, le puits se trouvait à sec. Le malheureux s'y fracassa les os. Les gendarmes l'avaient enfermée trois jours durant dans une cellule du poste de Saint-Vallier, à l'eau et au pain moisi. Faute de preuves, on la relâcha. Dès lors, les femmes la repoussèrent du lavoir, l'épicier refusa de la servir, le médecin du canton ne la visita plus, l'ancien curé ne voulut plus la confesser et lui interdit la porte de son royaume ! La Moura n'oublierait jamais ces outrages et ces insultes. Elle aiguisait sa vengeance.

Elle suivait les berges de la Siagne. Le sentier plat qui s'annonçait, de sable et de mousse, soulagerait ses reins et son dos. La brouette glissait dans le silence ; les embruns arrosaient sa figure. Elle franchit la passerelle de planches moisies et branlantes qui enjambait le torrent. Des rapides écumants bouillonnaient et grondaient en sourdine. « Un de ces quatre, une mule et sa charrette vont bien "débaousser" dans la cluse ! Pourvu que ce soit un de Saint-Cabraire, rigola-t-elle, je trinquerai à la santé du mort ! »

Elle se reposa sur un tapis d'herbe rase, grignota un bout de pain et but l'eau glacée. Elle se laissa aller à un petit somme, bercée par le roulement de la rivière.

Après le pont, de longs et raides lacets entaillaient le flanc de la colline. Les barres rocheuses se chevauchaient et se contrariaient en pilons drus, suspendus au-dessus d'un glacis. La Moura peinait. Ses jambes la portaient avec peine, ses bras tremblaient, son corps souffrait. La brouette pesait de plus en plus lourd. Elle marquait des pauses régulières sur les parties moins pentues. Elle atteignit enfin le col du Touar. Des nappes de noirceur graduée cachaient une pâle lune. Le soleil avait basculé à l'ouest, laissant traîner un masque violet. Un grand calme lénifiait les versants. Pas une cime de pin ne tremblait. Elle ne devinait plus Saint-Cabraire et la Manuella. Elle coupa à travers les terres d'une bergerie. Un troupeau d'ânes broutait dans une prairie. La puanteur du fumier trempé lui fit monter des aigreurs. Des poules effarouchées caquetaient, rappelant leurs couvées. La Moura fouina dans les taillis et récupéra des œufs, qu'elle goba. Elle déboucha sur la route principale menant à Callian. Une chape d'encre s'étalait sur le pays... Un temps entre chien et loup...

Elle parcourut l'unique rue du village, constituée de maisons aux portes cloutées blotties les unes contre les autres. Les cheminées fumaient. Des odeurs de mangeaille et la senteur tenace du café tourmentèrent son estomac. Elle passa devant l'église et se signa. Des couche-tard sortant du bistrot regardèrent l'étrange spectre s'escrimant à pousser son chargement. Ils lui lancèrent le bonsoir. Elle ne répondit pas et s'enfonça dans une venelle défoncée, pour parvenir, après une rangée d'étables, au moulin. Elle trouva porte close. Elle se replia dans le recoin d'un porche, déchargea les sacs, les ordonna comme un matelas et s'endormit sans sourciller sur son trésor, enroulée dans son châle.

La coopérative de Callian possédait un moulin municipal moderne doté d'un éclateur et d'une puissante centrifugeuse verticale, mue par un moteur à essence, qui séparait directement grignons, eau et huile. Chaque oléiculteur apportait sa production, on la pesait, et *in fine* il lui revenait une quantité d'huile calculée au prorata de sa récolte. Cette méthode avait permis de sauver du naufrage nombre de producteurs.

« Les moteurs rendent l'huile rance ! Leur puanteur se mélange avec l'humidité du moulin et retombe dans les cuviers ! s'écriait Edouard aux réunions de la chambre agricole.

— Les vapeurs toxiques nuisent au produit ! La conservation en bidon de fer blanc, une grande erreur ! renchérissait Thérésius. Rien ne vaut le moulin artisanal !

— Avez-vous pensé aux ouvriers ? Ils respirent du poison ! reprenait Edouard. Et leurs poumons noircis par la fumée, vous y avez réfléchi ?

— On n'est pas dans le Var, ici, on sait travailler ! Moi, je sais différencier une bonne d'une mauvaise olive, parce que je les trie ! Alors, je n'ai pas besoin de vos subventions qui relèvent de l'aumône ! » ajoutait de façon narquoise Thérésius.

Grenier, l'ingénieur agronome, étouffant littéralement dans le col amidonné de sa chemise blanche, les lorgnons suspendus au bout des narines, argumentait sur les bienfaits du progrès.

« Il faut se tourner vers l'avenir. De nouvelles techniques apporteront des rendements supérieurs...

— Et la qualité ! Les émanations du combustible infectent les parfums naturels ! » répliquait Edouard.

Le père et le fils, soutenus par la majorité des récoltants du canton de Grasse, n'en démordaient pas. Leur production restait incontestablement la meilleure des deux rives : les ventes le démontraient.

Les coopérateurs de Callian n'acceptaient généralement pas les étrangers, mais ils connaissaient la Moura. Ses frasques avaient dépassé largement les frontières de la Siagne. Ils la toléraient, certes par pitié, et puis parce qu'elle apportait avec elle des nouvelles sur la « cueillaison » d'en face.

« Vous n'êtes pas comme les barbares de Saint-Cabraire ! » répétait la Moura à qui voulait l'entendre.

Un bruit de charrette qui se rapprochait la réveilla. Elle se leva d'un bond, se racla la gorge, puis se précipita sur ses sacs, remplit la brouette et se plaça devant le lieu de la pesée.

— Ils n'ont qu'à patienter ! Ils ne sont pas pressés, eux ! J'étais la première ! s'exclama-t-elle.

— Je t'attendais hier, lui dit Joseph Meiffrey, le moulinier, en ouvrant grand ses portes.

Le vrombissement du moteur, associé au crissement des courroies, des poulies et au cliquetis des engrenages, produisait un vacarme épouvantable. Le bâtiment en tremblait presque.

— Je pouvais pas aller plus vite ! C'est pas toi qui poussais ma brouette, fainéant ! hurla la Moura.

— Et le roi du Val des Costes, comment se porte-t-il ? questionna ironiquement Joseph.

Les poings de la Moura se fermèrent, signe d'une évidente contrariété. Son regard coléreux fit comprendre à l'homme qu'il y avait des sujets à éviter. Une brûlure traversa les pupilles de la femme

— J'y pisse dessus, à lui, à ses parents, à ses enfants, à tous les culs pelés de ce putain de pays !

— Bon, bon ! Te fâche pas !

— On plaisante pas avec ça !

Elle cracha par terre, trouva au passage une chique qu'elle enfouit dans sa besace.

— Aujourd'hui, c'est Noël...

— Fais voir que je pèse.

La Moura déchargea sa marchandise aux pieds de Meiffrey.

— T'as pas ajouté de pierres dans tes sacs ?

— Tu me prends pour qui ?

— On ne sait jamais...

— Entre nous, s'il y a un voleur, ce n'est certainement pas moi !

— T'as pas mouillé les olives ?

— Combien ? demanda-t-elle. Dépêche-toi plutôt, je n'ai pas que ça à faire !

— A vue d'œil, quarante.

— Pèse donc !

— Guère trompé, trente-cinq, tout au plus.

— Recommence, tu tremblais et t'as mal lu.

Le moulinier s'exécuta. Il retroussa ses manches de chemise au-dessus des coudes et, la balance romaine à bout de bras, il pesa à nouveau la marchandise.

— J'avais raison, tu voulais m'escroquer ! reprit la Moura.

— Arrête ! J'arrive à peine à trente-cinq kilos !

— Allez, fais un geste, ça t'étranglera pas. A quarante-deux on fait affaire... lui lança-t-elle sans vergogne.

Joseph sourit. Il lui tendit sa main pour signifier son accord et la conduisit à l'intérieur du moulin. Il l'installa à une table près du poêle et lui offrit saucisson, pâté, oignons, une miche croustillante, un pichet de vin et un bol de café.

— Régale-toi, tu en as besoin !

— T'es un brave, toi !

Elle engloutit jusqu'à plus faim, remisant les restes dans sa musette. Des dix litres d'huile de sa récolte, elle n'en garda que la moitié, échangeant l'autre contre des bouteilles de vin et quelques fioles d'eau-de-vie blanche. Sur le coup de midi, elle prit le chemin du retour. « Mastègue doit sécher, heureusement que son cœur tient bon, parce que le reste est bien branlant... » se dit-elle. La charge nettement allégée, la Moura allait guillerette. Elle récoltait des baies, ramassait des pousses et des plantes pour ses élixirs, et dans les buissons récupérait ses collets pour les merles et les bartavelles. A la dernière côte, Saint-Cabraire dominait le paysage. Le village pesait sur ses épaules comme un poids mort. Sa bonne humeur disparut aussitôt. L'air soudain devint si lourd...

Mastègue, étalé sur la terrasse, gémissait. La chaise s'était renversée. Le bougre avait vainement essayé de ramper jusqu'à l'entrée. Ses joues étaient piquetées d'échardes, sa main serrait un barreau.

— Pendant que je m'escrime, Monsieur se balade !

Elle le tira près de la cheminée, le couvrit d'une couverture râpée et alluma un feu de brindilles. Il cessa de trembloter peu à peu. Sa peau rosissait, les lueurs de panique disparurent de ses yeux.

— Demain, ça ira mieux. Je m'occuperai de toi. Ce soir, je suis fourbue.

Mastègue répondit par un vague grognement.

— Je t'ai dit « demain », n'insiste pas ! Un peu de tranquillité ne me fera pas de mal.

Elle jeta une brassée de foin au bouc, une poignée de gros sel, des épluchures rancies. L'animal se frotta contre sa cuisse. Puis elle avala un bol de tisane de pissenlit et d'ortie et se laissa choir sur la paillasse.

— Ils ne savent pas tout ! mâchonna-t-elle entre ses gencives édentées.

La fatigue l'emporta aussitôt.

6

La bugade se déroulait invariablement le premier jeudi de chaque mois. Les femmes se réunissaient alors au lavoir par petits groupes d'affinité. Lors de ce rituel savamment hiérarchisé, chaque coterie possédait sa place, et ce depuis fort longtemps. Près du monumental robinet en bronze d'où coulait le jet limpide de la Siagne dans une première vasque moussue se trouvaient les amies du maire. Ensuite venaient les bugadières qui se moquaient éperdument des messes basses et des intrigues, puis celles dont il fallait se méfier, un sourire par-devant, une phrase perfide par-derrière, une bise pour le carême, une gifle à Pâques — les plus redoutables. Ces « ficanas », porte-drapeau du curé, se postaient à l'extrémité du bassin, juste en face des partisanes municipales, pour les narguer. « Les esfachats, les brûle-bon Dieu, les rates mal dégorgées », comme le claironnait Adèle lorsque sa colère grondait.

Adèle Passeron possédait un emplacement à côté de Gisèle Grandi, femme du premier notable de Saint-Cabraire. Elle redoutait ces mégères qui profitaient de cette journée pour tailler un costume sur mesure aux habitants du village. Malheur à celle qui partait trop tôt ou arrivait en retard ! Malheur à celui qui passait au bout de la place !

— Tiens, l'autre jour, j'ai rencontré le père Félix vers les prés des Combes. Il était avec une jeunette et ne semblait pas pressé de rentrer chez lui, murmura une rougeaude.

— Qué jeunette ? lança Adrienne, une vieille pomme reinette fripée.

— Tu sais, une de ces romanichelles qui se sont installées aux puits romains.

— Ça ne m'étonne pas ! Remarque, il fait du mal à personne, il est vieux garçon… rétorqua la voisine d'Adrienne.

— Et tu les as suivis ? interrogea celle qui menait la quête du dimanche.

— Non, mais pour qui tu me prends ? Ils étaient sur mon chemin !

Les commères reprirent leur ouvrage. Brisant le silence, une autre persifla :

— Regardez-les, ces dames, là-bas, au fond : elles font les fières avec leurs mines de saintes nitouches ! Moi, je suis sûre qu'il doit s'en passer des vertes et des pas mûres dans leurs grandes maisons !

— C'est certainement pour ça que le confessionnal est toujours plein à craquer le samedi !

— Et le curé, il doit se régaler à écouter leurs cochonneries !

Elles éclatèrent de rire. Adèle serra le battoir, prête à en découdre avec ces garces.

Draps, taies d'oreiller, chemises, caleçons, corsets et jupons trempaient dans une large cuvette posée sur un trépied, qui la haussait à hauteur de la taille. Adèle transvasait les vêtements, battus et frottés au savon de Marseille, dans une lessiveuse qui chauffait sur un feu de planchettes. De temps à autre, elle enfonçait ou retournait les affaires. Le tout était enfin rincé à l'eau glacée et étendu dans les jardins si le soleil chauffait, ou bien dans les greniers. Lorsque les draps de lin ne revenaient pas comme elles le souhaitaient, elles les étalaient dans les prés. La rosée continuait ainsi tranquillement le travail. Adèle appréciait le linge frais et parfumé. Dans ses armoires, entre les piles de draps et de chemises, elle glissait de petits paquets de lavande séchée, noués par des rubans roses. Elle y ajoutait parfois des pousses de chèvrefeuille.

— Je m'en vais, dit Adèle à sa voisine. J'en ai largement entendu pour aujourd'hui !

— Je te suis. Ton mari, comment il se porte ?

— Tu le connais, il ne retrouvera le sourire que lorsque les concours agricoles auront débuté et que son huile sera primée. Enfin, je l'espère, autrement, ma pauvre... Je n'ose même pas imaginer !

— Ah, ces hommes ! Tous pareils ! Le travail, ils ne pensent qu'à ça !

Noël approchait ; les campagnes se couvraient d'un givre tenace. Edouard et les siens pressaient les dernières moutures. Les préparatifs des fêtes allaient bon train. On avait décoré l'église d'une crèche grandeur nature qui s'animerait pour célébrer la naissance du divin enfant. Les portes des demeures étaient fleuries de couronnes de houx et, accrochés aux solives, pendaient des bouquets de laurier-tin ornés de chandelles, de gaufres et d'oranges. Adèle s'affairait dans sa maison, comme une abeille devant sa reine. Au « gros souper », le repas d'avant la messe de Noël, elle avait invité la famille Grandi et Félix, issu d'un lointain cousinage. Elle avait disposé sur la table trois nappes blanches, damassées et bénies par le baptême de la sainte Trinité : une pour le 24 au soir, la seconde pour le 25 à midi et la dernière pour le déjeuner du 26. Elle enlevait une nappe après chaque repas, mais laissait le couvert les trois jours durant.

Adèle ordonnait ce qu'elle avait de plus beau : verres en cristal, assiettes décorées, couteaux et fourchettes en argent aux manches nacrés. Trois soucoupes de blé semé pour la Sainte-Barbe et trois bougies étaient réparties entre les couverts ; au centre se trouvait un saladier empli d'eau de cascatelle. Adèle y déposa une rose de décembre qui ressusciterait, cinq jours après le bénédicité, en rose de Jéricho. Elle redressa les mèches des chandelles. Les superstitions restaient extrêmement vivaces dans le haut pays niçois. Si par malheur une flamme se pliait vers un convive, celui-ci mourrait dans l'année. Si le chat miaulait durant le dîner, c'était la ruine à coup sûr. D'ailleurs, pour éviter le mauvais sort, Adèle enferma le vieux matou dans une cage à lapin... La crèche trônait sur un guéridon, entourée de lierre tendre, garnie de brindilles de cyprès et de tiges de romarin. Car, lors de la fuite en Egypte, la Vierge avait déposé son manteau sur ce buisson aromatique et les fleurs de la Méditerranée avaient soudainement revêtu la teinte bleu pâle de l'habit sacré.

De larges serviettes nouées autour du cou, les convives se délectaient du gros souper composé de sept plats maigres, symboles des sept plaies du Christ : l'« aïdo boulido », soupe à l'ail et à la sauge, des escargots petits-gris, de la brandade de morue, des cardons aux anchois, de la salade chicorée frisée accompagnée de fromages de chèvre. Puis venaient les treize desserts : on grignotait la fougasse à l'anis, le nougat noir, les quatre mendiants (figues sèches, raisins secs, amandes, noix), puis les dattes, les pommes, les poires, les mandarines, le melon vert, et l'on achevait le repas avec la pâte de coing et les oreillettes. La cartagène, l'eau de coing, le ratafia, « lou sauvo-crestian », fabriqués par Edouard, accommodaient le dîner.

Thérésius savourait particulièrement ces moments de bonheur. Il dévisageait Adèle, lui trouvant toujours plus de sérénité, buvait avec Grandi, plaisantait avec Félix, complimentait Gisèle, donnait quelques restes au fidèle Garibaldi.

— Fêtons Noël comme il se doit, mes amis ! J'espère que l'année prochaine nous serons tous ensemble !

Ils trinquèrent. Les verres tintèrent mélodieusement.

— *A l'an que ven !* ajouta Grandi.

— Qu'on me conserve moi aussi, lança Félix.

— Je ne me fais pas de souci pour toi ! lui dit Gisèle. Certains propos au lavoir me font penser que…

— C'est encore cette grosse truie ! maugréa Félix.

— Il paraît que ta nouvelle fiancée est rudement belle, plaisanta Adèle. Une fleur des champs éclatante.

— Les moches et les tordues, je les laisse aux autres.

— Tu n'as pas honte ?

— Vaut mieux se réveiller près d'une source fraîche qu'à côté d'un marigot ! rigola Félix.

S'ensuivit un cérémonial étrange effectué par Thérésius et son fils. Portant à bout de bras une énorme souche d'olivier, ils tournèrent trois fois autour de la table. A chaque passage, Adèle et Gisèle arrosaient la racine de vin cuit et d'huile. En la déposant sur les chenets, ils récitèrent solennellement le poème de Frédéric Mistral :

Allégresse, allégresse,
Mes beaux enfants, Dieu nous réjouisse.
Avec Noël tout vient bien,
Dieu nous fasse la grâce de voir l'an qui vient.
Et si nous ne sommes pas plus, que nous ne soyons pas moins !
E se noun sian pas mai, que noun fuguen pas mens !

Thérésius alluma un feu dans la cheminée. Les brindilles et le petit bois sec crépitèrent et rougirent l'offrande. La bûche incarnait le Christ sacrifié pour les péchés, le feu invoquait la prospérité, le bonheur et la sérénité dans le foyer. Au matin, il remettrait des branchettes et tisonnerait les braises. Ainsi l'olivier brûlait-il encore jusqu'au soir. On le laissait parfois se consumer jusqu'au Nouvel An. Et Thérésius répandrait les cendres sur les terres les plus fertiles en guise de remerciement.

Le carillon de vingt-trois heures appela les Saint-Cabrairiens à la messe. Avant de partir, Adèle laissa un plat, un verre propre et les reliquats du repas pour les fantômes des ancêtres qui viendraient ce soir lui rendre visite, et pour les anges qui les accompagnaient. Elle prit soin également de nouer les quatre coins de la nappe afin que les mauvais esprits ne puissent y grimper et souiller le souper béni.

Les femmes devançaient les hommes sur le chemin de l'église. Adèle avait endossé le costume de la bastidanne. La coiffe à « gauto » en percale fine recouvrait ses joues, le fichu de mousseline brodée se croisait sur le caraco, le tablier en taffetas à reflets gorge-de-pigeon de couleur blanc cassé recouvrait la jupe en soie rayée, rose et vert. L'ample cape grenadine à capuchon, fermée devant par un crochet et une boucle en argent ciselé, enserrait ses épaules. La chaîne argentée à deux rangs, porteuse des clés, pendait à sa taille. Des mitaines festonnées posaient un fil écru délicat sur ses mains de paysanne. Malgré sa prestance, Adèle trébuchait sur les pavés, peu habituée aux escarpins à talon plat et bouts carrés. Thérésius, quant à lui, paradait dans un costume en velours sombre, chemise blanche et foulard de cou. Dans la poche de son gilet de coton brodé logeait une merveilleuse montre à gousset. Grandi et Félix ne dépareillaient pas, leur élégance provençale se remarquait. Chacun portait une lampe à huile éclairant les embûches dans les venelles pavées. Les jalousies et les disputes étaient oubliées, ce soir-là. On pardonnait, on offrait du sucre, du café, des chocolats, du stockfisch, même à ses pires ennemis. Toutefois, les hostilités reprenaient de plus belle sitôt le Nouvel An venu.

— A l'amitié ! A Noël ! lancèrent les uns.

— Gardez-vous bien ! rétorquèrent les autres.

Edouard avait rejoint les jeunes gens sur le perron de l'église. Ils guettaient l'arrivée des jouvencelles, aux bras de leurs parents. Edouard, lui, attendait plus particulièrement Rose Audibert, une brunette aux yeux charbon qui répondait à ses sourires. Il ne lui avait que peu parlé, un bonjour, un bonsoir et une valse au bal du 14 juillet. Sa légèreté, la finesse de sa taille, sa nuque haute surmontée de tresses roulées en chignon, ses traits fins l'avaient aussitôt séduit.

Mais, pour l'instant, les rendez-vous galants étaient rares. Car Audibert empêchait sa fille de sortir seule, même pour faire ses emplettes au village. Il l'accompagnait toujours et partout. C'était un homme distant. Jamais au café, jamais aux réunions publiques, ignorant les conseils municipaux, il résidait dans sa propriété des Moulières et dilapidait la fortune de ses aïeux. Lorsque le besoin s'en faisait sentir, il vendait une grange, un cabanon, un lot de restanques. Cela lui suffisait. Fin connaisseur de musique et de littérature, il revendiquait son droit à l'oisiveté. Aux beaux jours, on pouvait l'apercevoir dans les vallons ou sur les hauteurs, son chevalet installé, peignant la nature environnante. Pour

Thérésius, c'était un bon à rien, un parasite ! « Un artiste, tu parles ! Un falabrac, un couillon, plutôt ! »

Les regards échangés entre Edouard et Rose ne trompaient personne. Au retour de la chasse, le moulinier s'arrêtait souvent près des grilles des Moulières, espérant entrevoir son élue. Des baisers du bout des doigts et autres petits gestes constituaient pour les deux tourtereaux des promesses qui les unissaient déjà. Quant à convaincre les familles respectives, c'était une autre affaire ! La prudence l'emportait sur le désir. Les amoureux espéraient le moment propice...

Thérésius, Grandi et Félix saluèrent les dames du chapeau. Félix en rajoutait tant et plus en courbettes gracieuses. Le célibataire endurci à la bourse rondelette aimait la noce et la bonne chère.

— Tu exagères ! souffla Adèle. Tu ne donnes le bonsoir qu'aux élégantes ! Il me semble que tu oublies toute politesse. Les personnes d'un certain âge méritent elles aussi tes compliments !

— Le Seigneur aime la beauté autant que moi ! répliqua le coquin.

— Quand même... râla Adèle.

— Adèle, c'est soir de fête...

— Pas pour tout le monde, à ce que je vois !

7

Les femmes se placèrent dans les travées ; les jeunes, debout, comblèrent le portique tandis que les hommes s'installèrent sur les bancs du balcon. Des grands-pères au faciès raviné s'assoupissaient déjà sur leur canne. La messe de minuit était pour eux une véritable corvée et la plupart pensaient à leur lit et à la chaleur de leur édredon en plume. Mais ils s'obligeaient à assister au Calendo pour accompagner leur épouse et discuter avec les copains. On chiquait, on parlait des disparus, on se résignait à la fatalité de la vieillesse. En bref, on essayait de passer le temps.

— On va attraper la mort ici ! bougonna Félix. Il fait un froid glacial. Un poêle réchaufferait les anges !

— T'inquiète pas ! Avec ce que tu bois, tu es vacciné contre toutes les maladies, baragouina un ancêtre au béret tombant sur les oreilles.

— En plus, aujourd'hui, ça va durer longtemps ! continua Félix.

— Attends, le curé, il travaille une fois par an ! Il faut qu'il y mette du sien s'il veut que la quête soit généreuse !

— Qui l'invite au repas de demain ? s'inquiéta Thérésius.

— A mon avis, avec son troupeau de bigotes, il ripaillera plutôt deux fois qu'une !

— Peut-être même qu'il aura de la compagnie entre ses couvertures, lança un vieux égrillard.

Les discussions se multipliaient. Un brouhaha intense emplissait la nef principale. Les enfants de chœur, en soutane rouge et surplis blanc, allumèrent les cierges de l'autel et ceux de la crèche. Au son de l'harmonium conduit par la Rougeaude, le prêtre, en tenue d'apparat, fit son apparition, suivi par les écoliers, vêtus d'une aube blanche, une étoile accrochée au front. Ces angelots guidés par leur maîtresse, mademoiselle Eugénie, une vieille fille aussi raide qu'avare, firent un demi-cercle autour de l'autel. Le curé s'agenouilla, le front contre le marbre, les mains croisées tendues vers le tabernacle. Il embrassa la croix d'argent massif incrustée d'émeraudes, sur laquelle étaient sculptées les figures de la Vierge et des quatre évangélistes. L'assemblée se dressa. Cantiques et chants liturgiques emplirent l'église. Le sermon débuta. Les accents gutturaux du prêtre s'élevèrent sous la nef. Les bras levés, il amenait l'assistance au recueillement et à la joie. Il promettait l'enfer, la damnation, la perdition éternelle aux renégats et le paradis aux bons chrétiens. Il gesticulait, trépignait, sautillait. « Le roi qui va venir, adorons-le… »

L'ultime instant s'annonçait. Aux douze coups de cloche, fifres, galoubets et tambourins reprirent le *Minuit, chrétiens* et les chants consacrés à la naissance du Messie. Pépin, le garde-champêtre faisant office de sacristain, se déchaînait sur les cordes. Les cloches sonnaient à toute volée. Une porte s'ouvrit derrière l'abside. Sous les traits d'un jeune couple de Saint-Cabraire, Marie, drapée d'une cape bleue aux parements d'or, et Joseph, nu-pieds, déposèrent le nourrisson dans le berceau. Puis la pastourelle, le juif, l'aveugle, le porteur d'eau, le rémouleur, le boulanger, le bûcheron, le cordonnier, le charpentier, Rémi et Paul en pèlerins complétèrent le tableau. Les pâtres, portant sur leurs épaules de petits agneaux bêlants, menaient une carriole parée de rubans dorés. Ils s'agenouillèrent devant Marie et Joseph et leur offrirent les agneaux, symboles du Christ.

Les fidèles retinrent leur souffle lorsque les battants de la porte principale s'ouvrirent en grand. Les Rois mages conduisaient un âne gris chargé de présents. Ils les déposèrent devant le majestueux maître-autel. Les chants d'adoration pour le Rédempteur reprirent de plus belle, en provençal cette fois. Les figurants quittèrent la nef latérale pour la lumière du transept. Ils mimaient maintenant le départ sur la route de Bethléem, le chemin de la Vérité.

— On le saurait, si c'était à Saint-Cabraire qu'il était né, le niston ! plaisanta Félix.

— Tais-toi, espèce de païen ! ronchonna Grandi.

— Arrête, t'en penses autant...

— Chaque année, on fait pareil, et il y a que le curé qui boit ! rigola de plus belle Félix.

Le regard de Thérésius le fit taire. Il se cala contre sa chaise et entama un somme, ruminant les vapeurs d'alcool dans un ronflement profond.

— On ne le changera jamais ! se désola Thérésius.

— Un brin insouciant... ajouta Grandi

— Insouciant ? Un véritable boucan, un immature ! Mais je l'aime bien.

Thérésius aperçut soudain une ombre qui se glissait derrière le confessionnal. Son sang ne fit qu'un tour. C'était la Moura ! Recluse dans la pénombre, elle ne suivait pas la messe. Ses yeux le fixaient avec insistance. Elle tenait un crucifix dans sa main droite. Ses lèvres tremblaient. Ils s'observèrent. Thérésius n'osait pas se détourner, pris dans une nasse tortueuse. Il essaya de se détacher d'elle en discutant avec Grandi et Félix, mais la présence de la Moura était trop forte, trop encombrante. Il étouffait.

La Moura s'extirpa bientôt de son refuge et effleura furtivement la lueur d'un chandelier. Thérésius entrevit des larmes couler sur ses joues, qu'elle essuya du dos de la main. « Elle est donc capable de faiblesse ! Mais pourquoi, pourquoi donc m'a-t-elle dévisagé ainsi ? » Il se reprit, s'attachant au spectacle qui déployait des ailes magiques. L'émotion était à son comble. L'assemblée chantait à l'unisson les louanges du nouveau-né. Une flamme intense germait dans l'enceinte et léchait les vitraux. Les âmes semblaient s'élever au-dessus des mesquineries quotidiennes. Thérésius luttait contre lui-même. Il voulait oublier la sartan, ne plus entendre parler d'elle en cette soirée de liesse. Mais en vain. Il revint vers elle, fouilla l'obscurité. Le vide. Elle avait disparu.

— Nom d'un chien ! L'âne de la crèche, c'est moi ! baragouina-t-il.

Grandi se tourna vers lui.

— Que se passe-t-il ?

— Rien. Je reviens. Attendez-moi au mas.

— Au moins, il y en a un qui a le courage de rentrer ! lança l'ancêtre au béret en se roulant une cigarette.

Thérésius se faufila entre les bancs et sortit discrètement de l'église pour se lancer à la poursuite de la Moura. « Elle a quelque chose à me dire, j'en suis sûr ! Jamais elle ne s'est comportée de la sorte ! Jamais ! » Il fit le tour du monument et s'avança sur la place. La fontaine déversait son éternel gargouillis. Le silence figeait les murs dans une austère rigidité. Il descendit la rue principale, scrutant le moindre recoin, les escaliers tortueux, les encoignures des remises. Rien. La Moura s'était évaporée comme une simple illusion. Thérésius s'abrita contre un pilier d'arcade. Pas une lumière. Le village était abandonné à son sort. Malgré les courants d'air, la sueur inondait son front. Il s'appuya encore plus contre la pierre. Il resta immobile. Son être tumultueux ne résistait pas aux questions qui le harcelaient. « Que me voulait-elle ? Une confession ? Un aveu ? Et pourquoi moi ? A moins qu'elle ait juste voulu me gâcher ma soirée ? Si c'est ça, elle a réussi son coup ! Aurait-elle cherché à m'attendrir par ses larmes ? Je n'y comprends rien... Un mystère de plus dont elle a le secret... »

Il se dirigea vers le point qui dominait le Val des Costes. Il s'assit sur le parapet, reprenant peu à peu son souffle et ses esprits. Les montagnes renvoyaient l'écho du roulement chaotique de la rivière. Le temps fila. Lorsqu'il quitta son poste, il se sentit courbatu.

A présent, au fond de la place, l'église était vide. La girouette narguait le ciel, plantée en direction du dernier vent. Thérésius entra. Les cierges formaient de grandes ombres dansantes et grimaçantes. Au-dessus de l'autel, le Christ crucifié offrait sa nudité. Des odeurs de sapin, d'orange, d'encens révélaient la passion de la Nativité.

— La Moura, es-tu là ? cria-t-il.

Le chœur lui renvoya son exclamation.

— Réponds, la Moura ! Je ne te veux aucun mal, je t'assure ! Il faut que l'on se parle, qu'on s'explique une fois pour toutes !

Pas un bruit ! Thérésius était seul sous les voûtes de plâtre écaillé. Un rire de dépit lui monta à la gorge. « Tu vieillis, pauvre bête ! Qui croyais-tu trouver dans cette sacro-sainte demeure, à part ta vieille carcasse ? » se dit-il.

Adèle et Edouard l'attendaient à la maison. Il plongea dans son fauteuil, retira ses chaussures, alluma sa pipe et caressa Garibaldi. Le feu l'engourdit d'un bien-être immense. Il comptait les flammèches éclatant sous les braises et fixait les bûches incandescentes.

— Qu'y a-t-il ? questionna Adèle, pâle et inquiète.

— Que veux-tu que je te raconte ?

— Ta disparition subite de l'église, par exemple ! Je te signale que tout le monde l'a remarquée. Les vieux en ont rigolé à gorge déployée ! Par contre, ça n'a pas vraiment amusé monsieur le curé...

— Je ne me sentais pas bien, j'ai pris l'air, c'est tout. N'en faites pas une affaire !

— Arrête, Papa ! On voit très bien que ça ne va pas ! Tu ne comprends pas que maman et moi on se fait un souci du diable ?

— La Moura était à la messe, avoua Thérésius entre ses dents.

— Nous y voilà ! lança Adèle.

— Elle avait une attitude vraiment bizarre, ce soir. Elle serrait une croix entre ses mains et s'est mise à pleurer. J'ai eu à la fois peur et pitié.

— Et après ? demanda Edouard.

— Elle s'est enfuie comme une voleuse, un peu avant la fin du sermon. J'ai essayé de la suivre, mais elle s'est envolée... Alors je me suis posé sur le muret, et j'ai attendu.

— Histoire d'attraper du mal ! Cette vieille te fait tourner en bourrique, mon pauvre Thérésius ! Oublie-la !

— Ecoute, Adèle, je pense qu'elle voulait me parler. Je ne sais pas pourquoi, mais je crois qu'elle a des choses à me dire...

Il sombra dans une profonde lassitude. Le secret de Gaétan, son père, l'assaillit de façon fulgurante ; une obsession qui sommeillait et se réveillait brutalement. Que cachait la disparition de l'anarchiste ? Il s'égarait alors dans les suppositions les plus folles. Quelque chose lui échappait. « Où a pu partir mon père ? On ne s'évanouit pas comme ça ! On revient toujours à ses racines. On peut haïr les hommes, mais pas la terre qui vous a nourri ! » Thérésius portait en lui les stigmates de cet abandon.

Il se disait qu'avec le temps, Adèle, Edouard, les oliviers, il arriverait à oublier, mais en vain. « Tu te tracasses trop, c'est de l'histoire ancienne. Tu n'y peux rien... » lui répétait inlassablement son épouse.

— Personne ne peut comprendre cette chose terrible qui me travaille depuis des années et m'enlève le sommeil ! Personne ! murmura-t-il.

La Moura se mirait dans un bout de miroir. Elle regarda l'autre, un fantôme aux yeux clairs, aux joues creusées, à la bouche édentée. Elle défit son chignon et laissa ses cheveux filasse couler sur sa nuque. Elle se tâta les pommettes et se coiffa en fredonnant :

De la tourterelle au crapaud
de la chevelure à la tarentule,
les frissons courent sur ma peau.
La mort passe et dans sa ronde mirifique
Me glisse les recettes magiques.
Etoiles, étoiles, je vous retrouverai
Et, dans la maison de Lucifer, on dansera.

Elle laissait tomber ce chant comme un refrain d'agonie. Mastègue somnolait sur sa chaise, les yeux ouverts. Des souvenirs refluaient : les années avant son mariage, une époque où le bonheur l'avait frôlée avant de s'enfuir à tout jamais. Elle examina son fichu déchiré, sa robe en haillons, ses bas de laine retroussés sur les mollets, ses jambes noueuses parcourues de varices. Elle toucha son ventre fripé, ses seins, et se maudit.

— Je suis hideuse.

Mastègue émit un bredouillage baveux.

— Endors-toi, abruti !

Elle mourait un peu à chaque parole. Elle serra les poings, et les ongles lui rentrèrent dans les paumes.

— Si le Thérésius savait... pleura-t-elle de rage.

Elle embrassa la croix et la jeta de toutes ses forces dans un monceau d'immondices gisant sous l'évier.

— Je ne peux plus rester à la Manuella ! hurla-t-elle. Cette maison est maudite ! L'enfer est ici !

8

La Moura haletait. Le corps envahi d'une fièvre folle, elle divaguait. Les sanglots remontaient du tréfonds de son être. Les forces l'abandonnaient. Les visages de ses ennemis se dessinaient devant ses yeux ; ils accrochaient aux murs moqueries et injures. Elle ne pouvait pas se défendre face à ces démons qui s'acharnaient contre elle. Pierre par pierre, ils détruisaient sa muraille, son unique rempart contre leur cruauté ; ils la lapidaient ! Les montagnes autour de la Manuella dansaient une macabre farandole.

— Ensorcelée ! rugit-elle.

Elle tira un seau du puits et y plongea la tête. L'eau glacée l'apaisa enfin. Elle se sentait courbatue, calcinée, telle une souche pourrissant au soleil. Elle rejoignit avec peine la tanière de Mastègue, le trou de cette bête puante, de ce ver rampant.

— Ils m'ont clouée au pilori !

Elle parlait seule, débitant une interminable supplication. Elle s'étendit habillée sur la paillasse et souffla la bougie. Le noir envahit la pièce. La course des mulots sur les solives et les ronflements sourds de Mastègue grignotaient le silence. Elle étendit les mains, effleura le désert de sa couche. En cette nuit, rien n'était saisissable. Elle songea à l'époque où son corps vibrait encore, où sa robe blanche chatouillait ses chevilles, où les hommes devinaient son corsage et l'épiaient avec désir sur le chemin des Costes. Elle sourit au visage de sa mère qui l'attendait à la fenêtre, une ritournelle aux lèvres. Elle pleura à la vision de son père lui crachant sa haine en pleine figure. Les caricatures des monstres de Saint-Cabraire revinrent à la vitesse d'une météorite. Heure par heure, la cloche l'éloignait de Mastègue, de la Manuella, et la rapprochait de son destin. Fuir, c'était la seule issue ! Fuir loin d'ici, loin de tous ! Elle resta longtemps recroquevillée au bord du lit. Elle se releva soudain, souleva la couche et découvrit trois enveloppes entourées d'une ficelle. Sur chacune d'elles figurait le nom d'un destinataire.

— Ma vérité ! Ma consolation !

Elle caressa le papier gris de ces vives et fragiles plaies.

— Le passé, le présent, l'avenir... Quand ils liront ces reliques, la vergogne recouvrira leurs toits à jamais.

Gravée dans sa chair, la trahison fermentait. Jadis, incrédule, elle avait cru à la sincérité des promesses. Tout au fond d'elle, un verrou cédait.

Elle se débarrassa de son tablier, l'accrocha fébrilement à un clou, ouvrit la fenêtre, fit battre contre le mur les deux volets fatigués et trop longtemps fermés. Elle s'appuya pesamment sur la table au bois garni de ronds de vinasse mauves. Telle une âme en peine, elle erra dans la pièce, contemplant les objets coutumiers, le bric-à-brac amassé depuis des lustres, s'attardant devant les escaliers murés qui menaient au premier étage. Ses yeux firent lentement le tour de cette cuisine poussiéreuse et sale.

— Comment ai-je pu vivre ainsi ? Les esprits de mes parents m'ont-ils une seule fois conseillée ? Non ! Ils m'ont amenée au bord du gouffre et attendent que j'y plonge.

Ses godillots s'enfonçaient dans la glaise du jardin détrempé par l'hiver. Elle ne ferma pas le portillon. Elle descendit vers la vallée. De faibles lueurs s'éveillaient, trouées par les croassements des corneilles. Le sentier coupait une végétation familière de chênes verts et de genêts. Les touffes dépouillées de lavande et de thym, les romarins agités par le vent de l'aube traçaient son itinéraire. Ses semelles raclaient les pierres. Les ronces griffaient ses chevilles. Des gouttes de sang perlaient sur ses bas. De lourds cumulus s'effilochaient sur les hauteurs d'Escragnoles. Une pluie fine tomba bientôt. De loin en loin, des fumées s'aplatissaient comme un second toit de nuages, puis s'estompaient dans l'atmosphère. Minuscule fourmi perdue dans les éboulis, la Moura glissait, se relevait, tentant à chaque pas de rester debout. Elle continua sa route en fixant le versant de Callian, guidée par le bêlement des chèvres dans leurs enclos hivernaux. La paix et la liberté existaient peut-être sur l'autre rive. Elle s'y rendait.

Le froid pénétrait ses vêtements. Les reliefs accidentés se détachaient de l'ombre. Les montagnes lui paraissaient gigantesques. Jamais elle n'avait perçu aussi grande l'envolée des falaises figées dans leur blancheur minérale. Au nord, vers le col du Pilon, un ciel mauve annonçait des chutes de neige. A chaque pas, elle mourait ou ressuscitait, se débattait dans un flot de pensées abruptes. A la lisière d'un boqueteau, elle essaya de récupérer des forces, s'abritant des gouttes sous les ramilles des pins. Les tourments de la Siagne grondaient comme une musique lancinante. Arc-boutés sur les précipices, des bosquets touffus sculptaient des scènes fantasques. La Moura se rapprochait de la rivière, foulait un terre-plein doux et tendre. Le col de son manteau gelé la blessait, pire qu'une haire de crin.

Les arbres se raréfiaient, laissant la place aux rives sablonneuses. Soudain, elle stoppa et fit volte-face vers Saint-Cabraire. Dans un geste emphatique, elle leva les bras et hurla :

— Je vous hais, je vous maudis ! Le malheur tombera sur vous !

Elle déversa un flot de bile sur la rocaille.

— Le village s'écroulera et vous engloutira tous ! Je vous le promets ! Vous vivez aujourd'hui votre dernier Noël !

Le ricanement qui suivit ses paroles fit taire le piaillement des oiseaux et résonna dans la cluse. A l'instant même où elle repartait, le tonnerre et les éclairs escortèrent la pluie. La Moura se rattrapait aux tiges de cade et de mûrier.

— Rien ne me fera revenir sur ma décision ! Vous m'entendez ? Rien ! Que la mort soit avec vous ! vociféra-t-elle.

Elle s'en prit ensuite à la nature qui la trahissait, aux pins et aux cèdres qui ne l'abritaient pas de la tornade. Les gouttes drues redoublaient en mailles serrées. La Moura faisait le gros dos sous le déluge. Son manteau imbibé pesait terriblement lourd.

— Dieu s'en mêle aussi ! Frapper une pauvre femme comme moi, tu devrais avoir honte ! Est-ce pour cela que j'ai prié ? Pour cela que j'ai chanté ?

Elle agita un bâton vers le ciel, qui décrivit des moulinets en l'air, tout en redoublant ses braillements.

— Cette contrée est maudite ! Je vais leur raconter, moi, à ceux de Callian. Ils m'écouteront, eux, ce sont de bonnes gens !

Elle se reposa contre un tronc abattu. D'un revers de la main, elle s'essuya comme elle put.

— Je ne m'arrêterai pas ! Ils veulent ma peau, mais ils ne l'auront pas !

Elle évita les premières lattes pourries de la passerelle en se tenant à la rambarde de corde. Elle rasa le bord, chemina sur les poutres maîtresses. Un violent éclair tomba à quelques mètres d'elle. Elle vacilla, perdit l'équilibre, chuta sur les planches vermoulues qui cédèrent sous son poids. La Moura était suspendue au-dessus d'un trou béant. Ses ongles griffaient le bois mouillé. Elle tenta de se rétablir, jouant des coudes, mais les planches trempées n'offraient aucune prise. Elle glissa, s'agrippa à un madrier. Le pont craquait, les chevrons s'effritaient. Les jambes de la Moura battaient dans le vide. Elle s'enfonça encore un peu plus. Ses doigts ripèrent.

Les lèvres brunes de la rivière lentement l'aspiraient. La Moura comprit que sa route s'achèverait ici. Elle était condamnée à demeurer éternellement sur le territoire de Saint-Cabraire. Son âme errerait pour l'éternité parmi les mystères de la Siagne. Elle ouvrit la bouche en grand. Une ombre douloureuse effleura son visage :

— Gaétan ! Gaétan, pitié, ne me laisse pas !

Bientôt, elle n'eut plus la force de se cramponner. Elle voulut encore crier, mais l'eau la bâillonna. Elle se glaça, ferma les yeux et se laissa avaler par les flots bruns, vers un univers où ni la vie ni la mort n'existaient.

Thérésius et Edouard gravirent quatre à quatre les marches de l'hôtel de ville de Grasse. Le jour décisif était enfin arrivé, celui du concours agricole et des médailles. En costume de flanelle noire, chemise et cravate, ils traversèrent le hall principal. La canne du père Passeron martelait le carrelage de grès. Dorures, lambris, colonnades, portraits des héros de la cité accentuaient encore la gravité de la manifestation. Seuls les propriétaires, producteurs, récoltants, mouliniers, négociants, courtiers et représentants étaient admis dans l'enceinte. Le public patientait à l'extérieur, dans l'attente des résultats.

L'immense salle des mariages grouillait. On se saluait du bout des lèvres, se serrait la main ou s'évitait. On conversait, plaisantait, s'interpellait. On réglait discrètement quelques affaires, mais on essayait surtout de flatter les membres du jury. Thérésius, le buste droit, s'installa à sa place sur une chaise de velours vieil or. Edouard préféra rester debout aux derniers rangs, là où les mouliniers avaient leurs habitudes.

Des lueurs bariolées descendant du plafond sur le parquet ciré étaient réfléchies par les imposants lustres aux médaillons de verre accrochés à des rosaces en stuc. Des tentures épaisses masquaient de hautes fenêtres à petits carreaux. Un poêle en faïence roulait une chaleur dense. La salle était divisée en deux parties délimitées par une corde de cérémonie. D'un côté, les sièges des concurrents et autres gens du métier ; de l'autre, les dégustateurs, installés par groupes de cinq. Chaque équipe devait goûter au plus huit productions.

Les spécialistes, désignés par les autorités, étaient sélectionnés pour leurs connaissances et leurs papilles exceptionnelles. Ils savaient en un clin d'œil déterminer la densité, la palette des saveurs, la gamme des odeurs, la viscosité et la pigmentation de l'huile. Entraînés pour cet exercice délicat, ils sillonnaient les cantons afin d'évaluer, classer et récompenser les meilleurs produits. Les présidents de jury délivraient ensuite des certificats d'agrément et d'excellence. Les vainqueurs, auréolés d'un certain prestige, négociaient ainsi leur production à des prix confortables.

Les représentants de la préfecture et de la chambre agricole trônaient sur une estrade, Grenier au centre, plus pincé que jamais, et les greffiers autour. La salle se remplissait. Les fauteuils étaient attribués de la façon suivante : au premier rang, les producteurs primés les années précédentes, puis ceux dont les oliveraies possédaient une notoriété incontestable, enfin les nouveaux venus qui osaient défier l'ordre établi des grandes dynasties. Parfois, Thérésius chuchotait quelques mots à l'oreille de son voisin, lançait un signe discret, congratulait de lointaines relations. Un manège qui révélait des pratiques, voire des connivences connues des seuls initiés.

Il fixait à présent les huissiers qui apportaient sur les tables les échantillons d'huile, présentés dans des verres à pied opaques de couleur bleue, portant un numéro collé sur le socle. Un silence de plomb enveloppa la salle. Un toussotement, un raclement de gorge, un éternuement, et Grenier, la bouche en cul-de-poule, foudroyait l'agitateur de son regard perçant. Avec le « taste-olive », cuillère en argent longue et bombée, les examinateurs cueillaient le liquide et le laissaient s'écouler d'une dizaine de centimètres de hauteur dans le récipient, mesurant ainsi sa substance et son onctuosité. Le nectar doux et moelleux, brillant et lubrifiant, propre à oindre les fesses des nourrissons et les seins des princesses, ce baume que l'on appliquait sur les plaies irritées formait une lente cascade d'or. Puis ils versaient l'huile dans une soucoupe et la mélangeaient avec de l'eau, notant son insolvabilité et déterminant les acides gras qui la composaient. A chaque opération, les tasteurs inscrivaient leurs différentes appréciations sur des « feuilles de profil » que les préposés amenaient à Grenier.

L'ingénieur était animé par un sentiment de supériorité amplifié par les sarcasmes qu'il subissait à longueur d'année de la part de ces prétentieux. Quand il trempait son porte-plume dans l'encre violette pour inscrire la note, il parcourait la salle d'un air suffisant, se comparant à ces illustres amateurs d'huile et célèbres chroniqueurs qu'étaient Alexandre Dumas, Anthelme Brillat-Savarin ou Jules Gouffé.

La teneur du fruité s'évaluait par la dégustation olfactive. Les goûteurs présentaient le taste-olive sous leur nez en alerte. Après trois courtes inspirations, ils basculaient la tête vers l'arrière. Leurs narines frémissantes emprisonnaient les délicatesses des arômes : une impression d'herbe coupée, de rocailles, de ribes verdoyantes, de garrigue. Ils décelaient aussi les défauts et pouvaient ajourner ou refuser une huile de qualité médiocre. L'intensité des senteurs délivrait la carte de l'oliveraie, sa variété, son implantation, l'ensoleillement, les attentions portées lors de la cueillette ou du pressage.

Les diverses émotions allaient être confirmées par la dégustation en bouche : une cuillère d'huile aspirée, ventilée, tournée dans le palais et avalée. L'amertume voilée, légère derrière l'onctuosité, « l'ardence », avec cette sensation de piquant que l'on trouve dans les épices, se découvraient alors. Chaque terroir possédait des goûts particuliers qui forgeaient le blason du producteur, et l'huile était différente d'une année sur l'autre. Le temps apportait également sa contribution. La terre se faisait généreuse en offrant ce qu'elle avait de subtil et de plus précieux dans ses entrailles : une huile née d'un mélange du soleil et du vent de la Méditerranée.

Thérésius s'épongea le front avec son mouchoir. Il chercha le regard d'Edouard, qui le rassura d'un clin d'œil. Le jury s'était retiré pour délibérer. Le vacarme avait repris. Les langues se déliaient. Chacun y allait de ses suppositions. Les producteurs, eux, tremblaient. Un huissier apparut et clama solennellement :

— Messieurs, je demande le silence et votre attention. Monsieur Grenier, représentant de la chambre agricole, président du jury, va désigner les divers lauréats de cette session de février 1921.

Christian Grenier se dressa sur l'estrade. Il ajusta ses lorgnons à monture dorée et, gonflant la poitrine tel un coq au milieu d'une confrérie de volailles, annonça :

— Premier prix et médaille d'or de Grasse...

Il marqua une pause, dévisageant l'assemblée.

— Il va se dépêcher ou je l'écrase entre deux meules et je le sers au prochain concours ! souffla le voisin de Thérésius.

Grenier se racla la gorge et continua.

— Premier prix et médaille d'or : ex æquo Thérésius Passeron, de Saint-Cabraire, et Joseph Meiffrey, du moulin de Callian.

La salle applaudit. On félicita bruyamment les primés sans écouter les autres nominations. Grenier s'évertuait inutilement dans un brouhaha intense.

— Cinq années de suite ! Chapeau, cher Thérésius ! s'exclama l'élu d'Escragnoles.

— Vous et votre fils, vous êtes vraiment des sorciers ! ajouta un propriétaire.

— Je vous rachète tout : les terres et le moulin ! plaisanta un dernier.

Passeron et Meiffrey furent conviés sur l'estrade. Lors de la remise des médailles, Thérésius serra la main de Grenier, mais pas celle du moulinier de Callian. Il reprenait sa splendeur jusqu'à la prochaine récolte.

En sortant de la mairie de Grasse, il confia à Edouard :

— Je suis sûr et certain que Meiffrey, à Callian, coupe son huile avec de l'italienne ! Une centrifugeuse à moteur ne peut égaler le savoir et la main de l'homme. Ce moulinier est un vaurien, un bandit de grand chemin ! Preuve en est : il protège la satanique Moura !

9

Avant le déjeuner, les affaires courantes de la commune expédiées, Grandi rejoignit Thérésius et Edouard. Ils se promenèrent dans les artères de Grasse, où régnait une ploutocratie de commerçants, parfumeurs, gantiers, tanneurs et fabricants de savon. La ville prospère foisonnait d'une population laborieuse. Sa richesse se dévoilait sur les hôtels particuliers, sur les façades richement enluminées, dans les entrées aux dallages en terre de Sienne et les jardins fleuris de roses et de jasmin. Dans les auberges, les dames de la haute bourgeoisie dégustaient des gâteaux accompagnés de café ou de limonade et exposaient leurs plus beaux atours. La cité paraissait éternellement en fête. Les Grassois aimaient le divertissement. La Saint-Eloi, la Sainte-Magdelaine, la Saint-Patron, la Saint-Hilaire, tout n'était que prétexte pour danser au son du tambourin, du fifre et du galoubet.

Les jeunes gens passaient des nuits entières à se saouler de farandoles, à entourer les « courdelles » autour du mât, à trouver leur bonheur dans les « moresques » lascives où les refrains des violons prêtaient aux amours furtifs. Personne ne manquait les fameuses « jouvines », même pas les impotents, les culs-de-jatte et les manchots. Après un long défilé conduit par les autorités du quartier jusqu'à la chapelle Saint-Hilaire, les hommes escaladaient le piédestal du pauvre saint et se livraient au jet d'urine. Celui qui avait arrosé le plus loin se voyait récompensé par le vicaire de la paroisse. Le bruyant défilé gagnait ensuite les rues de la ville. Le maire et le député du canton avaient essayé d'interdire la manifestation, mais les émeutes qui suivirent eurent raison de leur décision et les ramenèrent à la tradition. Les jeux de cartes, de quilles, de paume, de pelote provençale et de boules étaient également vivaces. Pas une fête patronale ne se déroulait sans concours de course, de saut et de lutte. Les « manjo-fassun », les mangeurs de choux grassois, se mesuraient dans des rixes sanglantes aux « manjo-patantan », les mangeurs d'escargots de Peymeinade, ennemis locaux de toujours. Les « entubés » d'Auribeau, enfumés à cause des feux de forêt, plus traîtres, ceux-là, prenaient à revers les rescapés des affrontements, aidés par les « nego-evesque » d'Antibes, qui rattrapaient les fuyards. Ce méli-mélo de plaies et de bosses s'achevait au petit matin et recommençait au « balletti » suivant.

Thérésius faisait la moue.

— Tu as l'air contrarié, s'enquit Alphonse Grandi. Pourtant, tu as encore gagné ! Que veux-tu de plus ? Les commandes vont pleuvoir !

— Gagné, oui, mais ex æquo, marmonna Thérésius.

— Le jury en a décidé ainsi !

— Alphonse, tu n'es pas de leur côté, j'espère ?

— Je cherche juste à t'expliquer !

— Te rends-tu compte qu'ils ont osé comparer mon huile à celle de ce trafiquant, de cet *engraissa-pouorc* ! Qu'ils ont osé faire croire que mes arbres sont égaux aux siens ! A Callian, leurs oliviers sont aussi maigrichons qu'une mule en chaleur ! Ils feraient de l'huile avec de la sciure !

— Tu exagères, Thérésius !

— Ne te fais pas monter le fiel comme ça, répliqua Edouard, après c'est maman qui supporte.

— Et mon fils, le meilleur moulinier de la région, on le met ex æquo avec une machine !

— Le progrès, affirma Grandi.

— Le progrès ! Le progrès ! Tu me fais rire, va !

Il stoppa et saisit violemment le bras du maire.

— Mon cher Alphonse, crois-tu que Meiffrey trie les olives à la main comme moi ? Ben non ! Il a une trieuse mécanique dans laquelle passent les feuilles, la terre, les cailloux, les crottes des biquettes qui broutent sous les arbres. Crois-tu que la pulpe est pressée avec attention ? Ben non ! Il possède une broyeuse à moteur, et s'il pouvait enfiler ses manœuvriers dedans pour augmenter le volume, il le ferait ! Alors, ton progrès, tu vois ce que j'en fais ?

— Enfin, Thérésius, ta réputation n'est pas atteinte. Ta production est connue et appréciée de Nice à Marseille.

— Et les tasteurs, ils ont des papilles gonflées comme des pastèques ! Ils confondent la graisse des pourceaux de Meiffrey avec le velouté et la pureté de mon produit !

— Thérésius, là, tu y vas fort !

— Ce Grenier... celui-là, je le retiens !

Le bourdon de la cathédrale battait midi. Thérésius s'apaisa enfin.

— Tu as raison, Alphonse, je ne dois pas me ronger les sangs comme ça. Nous sommes les meilleurs, après tout ! N'est-ce pas, mon fils ?

— A la bonne heure ! s'exclamèrent Edouard et Grandi.

— Les émotions m'ont ouvert l'appétit ! Je dévorerais trois cochons sur pattes en trinquant à mes oliviers et au moulin de Siagne.

Les trois comparses passèrent devant la fontaine révolutionnaire de Théas, longèrent la boutique du sellier, exposant sur un étal fouets, colliers, selles, mors, brides, courroies. Ils remontèrent ensuite, après un détour par la rue Amiral-de-Grasse, et rejoignirent le restaurant Roustan de la place aux Aires.

A chaque fois que Thérésius descendait à Grasse, il déjeunait au même endroit, à la même table, celle d'où il pouvait admirer les tanneurs. Le repas ne fut que complicités échangées, joie et plaisanteries. Au fur et à mesure que les bouteilles de vin de Bellet se vidaient, leurs conversations s'entrecoupèrent de sous-entendus égrillards lors du passage d'une opulente Grassoise. C'est ce moment que choisit Edouard pour annoncer ses intentions à son père.

— Papa, il faut que je te parle d'une chose importante.

Thérésius fronça les sourcils et fixa son fils.

— J'ai l'intention de rendre visite à Audibert, continua Edouard.

— Toi, tu lorgnes les terres des Moulières ! Je te l'avais dit, Grandi, mon fils a tout compris ! Il ne perd pas de temps, le zèbre ! A peine vingt ans et...

— Pour les Moulières, on verra plus tard !

Thérésius marqua une pause. La solennité de son fils l'inquiétait.

— Tu ne te sens pas bien ? Raconte, bon sang ! s'écria Thérésius.

— Rose ! J'ai l'intention de demander sa main.

Le ciel et la cathédrale de Grasse s'effondrèrent d'un coup sur la tête du père. Sa gaieté et sa bonne humeur s'envolèrent sous le choc. Il commanda une grappa et but cul sec.

— Il faut que j'en discute avec ta mère.

Il régla l'addition sans autre forme de procès et laissa Grandi et Edouard en tête à tête.

« S'allier avec les Audibert, quel affront ! Cette Rose, qui lui tourne la tête, encore une entourloupette ! Et mon fils qui tombe dans le panneau ! »

— Elle est morte ! Elle est morte !

Les cris s'amplifièrent et résonnèrent dans tout le canton. Les gens sortirent sur le pas des portes, formèrent des attroupements habités par un roulis grondant de bavardages. Qui pouvait donc s'égosiller de la sorte ? Une immense curiosité balayait les regards interrogatifs.

Le moindre grognement, le moindre souffle remontant de la vallée au crépuscule glaçait la population.

Peu de paysans s'aventuraient le soir dans les cluses. Les chasseurs rentraient avant la nuit. Les chemineaux attendaient le petit matin pour traverser. Malgré les efforts du curé, il était difficile de se débarrasser des superstitions.

— Elle est morte !

Les hurlements venaient du chemin de Siagne et semblaient se rapprocher. Telle une nuée de perdrix, les villageois se précipitèrent vers le bas de Saint-Cabraire. Les enfants ouvraient le cortège, les vieux suivaient au rythme de leurs articulations usées et de leur dos cassé. Les femmes roulaient leur tablier sur le ventre pour marcher plus vite.

Alberto et Giovanni gueulaient à tout va. Les vestes déchirées, la gorge en feu, ils remontaient le sentier scabreux en courant. A bout de souffle, ils foncèrent vers la mairie. Ils déboulèrent dans le bureau de Grandi, accompagnés par un défilé de curieux. Eugénie, la maîtresse d'école, qui occupait aussi la fonction de secrétaire de mairie, ne put repousser les envahisseurs. Ses piaillements restèrent vains et sans suite.

— Elle est morte ! reprirent-ils à l'unisson.

— Qui est morte ?

— La masqua…

— De qui parlez-vous ?

Les deux Italiens s'affalèrent sur un siège, plus pâles que s'ils avaient rencontré les spectres des assassinés de l'auberge du Gué, l'auberge des trépassés, chuchotait-on dans le pays : dans le temps, les voyageurs faisant une halte dans ce coupe-gorge avaient peu de chance de repartir sur les deux jambes. Souvent, au printemps, on retrouvait les corps des malheureux coincés contre les piliers du pont de Ponadieu ou retenus par des paquets de broussailles.

— La vieille, la…

— Quelle vieille ?

— La Moura ! cria Alberto

— Quoi ?

— Noyée, elle est morte noyée. La passerelle a cédé, expliqua Giovanni.

« La Moura est morte. » Cette phrase retentit de bouche en bouche. La peur succéda à la stupéfaction. Les bigotes multiplièrent les prières. Les plus froussards jetèrent du gros sel par la fenêtre de chez eux.

Une sueur glacée envahit la nuque de Grandi. Il resta prostré. Quel sort allait donc frapper Saint-Cabraire ? Le maire s'en voulait amèrement de n'avoir pas su aider la Moura lorsqu'il était encore temps. Il avait laissé faire et se le reprocherait sa vie durant.

— Où est-elle ?

Alberto suffoquait. Il bredouilla quelques paroles inaudibles. Ce qu'il avait entendu sur la Moura intensifiait son appréhension.

— Un verre d'eau pour Alberto et Giovanni, vite ! ordonna Grandi.

— Plutôt quelque chose de fort, de très fort ! supplièrent les Ritals.

— On était descendus à la passerelle poser les fagots pour les écrevisses, reprit Alberto, quand du haut d'un rocher j'aperçois une forme sombre entre deux eaux. Au début, j'ai pensé à une souche retenue par la vase et les algues... Je demande à Giovanni d'aller y accrocher un piège...

— Tu parles d'un tronc ! La poitrine gonflée comme une outre, toute bleue, raide comme un passe-lacet ! Que la peau et les os ! Presque nue, à moitié rongée ! C'était la pauvre Moura. Ça m'a retourné l'estomac !

— On l'a tirée sur la rive.

— Je suis dégoûté des écrevisses ! ajouta Alberto. Elle en avait de partout ! Les bestioles lui avaient grignoté les yeux...

Déjà, Pépin, accroché à la corde du bourdon, sonnait le glas. Le métronome funeste épandait la nouvelle dans les gorges, les plateaux, les hameaux, secouant le pays d'un étrange sentiment. Le tintement lent des cloches semait des larmes de bronze qui glaçaient les paysans. Les femmes arrêtèrent leur ouvrage, s'agenouillèrent et se signèrent. La bête était crevée.

— Tous responsables, se désola Grandi. Nous nous sommes réfugiés dans des histoires idiotes pour ignorer la détresse de cette femme. Maintenant, il est trop tard pour se racheter. Nous porterons à jamais une tache sombre quelque part dans notre tête. Que notre manque de charité et notre lâcheté nous servent de leçon !

A la lueur des flambeaux, les deux Italiens, Grandi et les bergers d'Escragnoles, avec leur mule, se rendirent à la passerelle. Le cadavre de la Moura était étendu sur le sable, face aux étoiles. Le grondement de l'eau donnait à la scène une dimension de tragédie antique. Alberto claquait des dents. Giovanni se tenait en retrait. Rémi et Paul enroulèrent le corps dans une couverture, saucissonnèrent le ballot avec de la grosse corde et le chargèrent en travers du bât. Alberto, livide, se précipita derrière un bosquet de chênes vomir sa bile. Grandi se souvint soudain de l'existence de Mastègue. Il s'adressa aux quatre hommes.

— On va conduire la dépouille à l'église, je m'arrangerai avec le curé. J'aurai encore besoin de vos services demain matin. Je crois que le pire reste à découvrir à la Manuella.

Au mas des Passeron, la soirée s'allongeait sans fin. Edouard n'était toujours pas rentré.

— Il rôde par là-bas, bougonna Thérésius.

Il faisait le bilan de cette funeste journée. L'aveu de son fils et la mort de la Moura effaçaient la satisfaction d'une récolte à nouveau récompensée. Certes, le problème du mur pouvait à présent être résolu, mais un trouble confus le harcelait. L'épisode du soir de Noël lui revenait sans cesse. Thérésius était persuadé que la Moura portait en elle une part du secret de son enfance. Et maintenant elle s'était envolée !

— Si son bonheur dépend de Rose, lui dit Adèle, pourquoi s'y opposer ? Cette fille est magnifique, pleine de vie, joyeuse !

Il ignora les interrogations de son épouse. Son briquet lui échappa et chut sur le tapis.

— Audibert, reprit-elle, personne ne le connaît vraiment. Il ne faut pas s'arrêter aux rumeurs qui circulent sur lui…

Thérésius monta se coucher. Adèle le rejoignit peu après. Comme pour se protéger ou repousser l'émotion qui l'étreignait, il lui prit la main, ne parvenant pas à trouver le repos. De sinistres réflexions lui torturaient les tempes. Il se releva, erra sans but dans la chambre. Il se posta à la fenêtre pour chercher dans la contemplation de son domaine un doux apaisement. Il se recoucha, trouva la truffe tiède de Garibaldi. Le chien le lécha longuement. La fatigue titilla ses paupières et l'emporta dans un sommeil léger.

Soudain, il sursauta. Une lumière blafarde pointait sur le carrelage. Une face blême le fixait à travers les carreaux. Des yeux blancs, vitreux, balayaient la chambre comme un phare éteint. Ils se posèrent sur le portrait de Gaétan, son père. Une bouche édentée s'ouvrait et se fermait dans un lointain murmure. « Je suis là… Il fait doux sous les grands tilleuls du paradis. »

Le portrait de Gaétan se fracassa à terre.

— Thérésius, que se passe-t-il ? cria Adèle.

— Je ne sais pas, je ne sais plus…

10

La porte céda sous la poussée de Paul et de Rémi. Une odeur pestilentielle fit reculer la troupe. Alberto brisa la fenêtre. Grandi mit un mouchoir sur son nez, les autres, leur foulard. Mastègue avait basculé de la chaise. Sur un tas de hardes, son cadavre en décomposition régalait une demi-douzaine de rats de la taille de chats bien nourris.

— Mon Dieu ! se lamenta Grandi.

— Il est trop tard pour implorer le seigneur, lança Rémi.

— S'il existait vraiment, croyez-vous qu'il accepterait des choses pareilles ? ajouta Paul.

— Il nous punit de notre cruauté et de nos blasphèmes, reprit Giovanni. Nous, les Italiens, nous le respectons !

— Culs-bénits ! jura Rémi.

— Sur la Croix, vous auriez la place des bandits ! continua Alberto.

— Arrêtez vos sermons, on n'a jamais fait de mal à personne !

— Ce n'est pas le moment de se disputer ! réprimanda Grandi. Un labeur plus pénible nous attend.

Ils tentèrent de chasser les « garis » à coups de bâton. Ces rats pelés, à la queue rose et aux yeux minuscules, n'entendaient pas lâcher leur festin aussi facilement. Ils répondirent violemment aux assauts. Grandi franchit le trou menant à l'étable. Le bouc gisait sur le flanc, sa corde dévorée et sa litière broutée. Seules les poules caquetaient dans cette infâme porcherie, se gavant des asticots qui grouillaient partout. Devant l'horreur insoutenable, les hommes battirent en retraite dans le jardin.

— On va choper le choléra !

— La peste aussi ! renchérit Giovanni.

— Courage, les gars ! Paul et Rémi, vous vous occupez des restes de ce pauvre Mastègue. Qu'il aille rejoindre la Moura dans la nef ! Alberto et Giovanni, venez avec moi. On vide le bas. On brûle le capharnaüm. On désinfecte tout à la javel. Ensuite, on s'attaquera au premier étage.

— Pourquoi tout ce cirque ? On fout le feu à cette mansarde et basta ! s'écria Alberto.

— J'ai mes raisons !

Grandi arrêta les bergers avant qu'ils ne franchissent le portail.

— Surtout, silence ! Vous n'avez rien vu ! La Moura et Mastègue méritent mieux. Que leur dernier voyage se fasse au moins dans la décence ! Demandez à Pépin et Félix de nous rejoindre, on aura bien besoin de bras supplémentaires.

Ils commencèrent par l'étable, en extirpèrent la paille, la carcasse du bouc, les cages, le râtelier, puis dans la pièce, les meubles, chaises, tables, matelas, rideaux, sacs, couvertures. Ils les empilèrent dans un immense bûcher au bas de la Manuella. Ils enterrèrent dans une fosse, qu'ils recouvrirent de chaux vive, ce qui n'était pas consumable.

Grandi participait activement au nettoyage. L'idée qu'une épidémie ou une infection maligne puisse envahir sa commune l'obsédait. Il prenait donc certaines précautions lors d'une mort suspecte survenue sur son territoire. Pour la Manuella, il redoubla logiquement de vigilance. Il tira la paillasse de la Moura, le cœur soulevé de hoquets. Un paquet roula à terre. Trois lettres entourées d'une ficelle. Il hésita, s'éloigna des travailleurs et rompit le lien. Il parcourut, une par une, les enveloppes adressées au maire, à Ariane, à Passeron. Grandi suffoqua. Qu'allait donc apprendre Thérésius ? Qui était donc cette mystérieuse Ariane ? Que lui voulait la Moura ? Les secrets de la vieille femme dans ces missives… La vengeance après son décès… Les comptes réglés… Il n'osa pas ouvrir tout de suite cette correspondance. L'énigme résidait-elle dans le brûlot qu'il serrait dans ses doigts ? Une indicible inquiétude le tourmenta.

— On n'en peut plus, chef ! lui cria Alberto.

Grandi n'entendit même pas l'appel de l'Italien. Il était livide. Il s'adossa à un olivier pour ne pas tomber.

— Pas possible ! La Moura et…

— Alphonse, tu ne tiens plus le coup ? s'exclama Félix.

— Si, si, juste un peu de fatigue…

Il déchira le pli qui le concernait, sans se soucier de l'arrivée de ses deux amis. Un document administratif portant le cachet de l'Assistance publique précédait une confession de plusieurs pages. Dès les premières lignes, Grandi comprit aussitôt de quoi il s'agissait.

— Ariane... Bon sang ! Quelle histoire... marmonna-t-il.

Le reste n'était qu'une sorte de testament morbide.

— Monsieur le maire, vous voulez un remontant ? s'enquirent Pépin et Félix, ne sachant que faire face à l'attitude de Grandi.

— Je crois bien que oui ! dit-il, assommé.

Une fumée noire s'élevait dans le ciel de Saint-Cabraire, cachant la vallée comme un signe d'adieu. La gorgée de liqueur tendue par Pépin le ramena à la vie. Il reprit les opérations en main. Pépin fit sauter, à la masse, la fine cloison qui séparait la cuisine du premier étage.

— Passe devant avec les torches, ordonna Grandi.

Pépin s'exécuta. Des grappes de chauves-souris tournoyaient, aveuglées par les flammes. Des dizaines de toiles d'araignée tombaient des plafonds. Des mulots apeurés se cachaient. Toutes sortes d'insectes grimpaient, rampaient, se faufilaient dans les fissures. On était ici dans le règne animal, livré au monde des ténèbres.

Grandi avançait prudemment, se demandant à chaque pas ce qu'il allait découvrir. La saleté étouffait le bruit de leurs chaussures cloutées. Après les escaliers embarrassés de jarres, d'outils, de cercles de barrique, de tuiles tombées de la toiture, un couloir donnait sur trois pièces. Grandi força les persiennes, maintenues à l'extérieur par un nid d'hirondelles. Un amalgame de feuilles séchées et compactes s'effrita. La lumière pénétra en force dans ce sanctuaire. Rien ne semblait avoir bougé depuis des lustres. Un paravent, des portraits, une commode au plateau de marbre, une armoire, des lits aux sommiers hauts, nus, sans matelas, rongés par les souris et dont on apercevait les ressorts, des boiseries simples, un mannequin d'osier, des couffins, des bouquets de fleurs décomposées, un bougeoir se présentaient à eux, momifiés par la poussière. Ils pénétraient dans un univers de l'au-delà, une sépulture ; le monde de l'absence.

Grandi préféra rester seul pour s'imprégner de ce lieu, essayer de recomposer le puzzle du drame. Rien ne bougeait ni ne respirait, ne fusse qu'un soupir qui s'échappait de l'oubli. Ces pièces le fascinaient. La présence des symboles de la mort l'entraînait dans une angoissante mise en scène. Il ouvrit l'armoire — le linge était parfaitement rangé —, fouilla méthodiquement les tiroirs de la commode, dénicha des breloques et des bibelots. Chaque objet lui livrait des bribes de vie. Toutefois, rien qui laissait présager un tel désastre. Il maudit la fatalité qui avait engendré ce drame. Il pensa soudain à Thérésius, admira par-delà la barre de pierres sèches le Val des Costes, lumineux, trop parfait.

Il fallut que Grandi tape du poing sur la table, menace le curé de le chasser de Saint-Cabraire et de le renvoyer auprès de son évêque pour que ce dernier accepte de prononcer la prière des morts et bénir la Moura et Mastègue.

— Enfin, leurs souffrances ne vous émeuvent pas ? Et la charité chrétienne, alors ? lui jeta le maire à la figure.

— Monsieur le maire, je ne vous permets pas ! Vous êtes dans la maison du Seigneur ! bégaya le prêtre.

— Justement, je veux que votre saint patron juge ses pauvres serviteurs en connaissance de cause.

— Ce n'est pas à vous d'en décider !

— Que vous le vouliez ou non, ici, c'est mon village, et cette église appartient à ma commune. Quand le toit fuit, que le clocher s'ébranle, que les murs se fissurent, auprès de qui venez-vous mendier ? Le bon Dieu, peut-être !

Agrippé au col de la soutane, Grandi secoua le matamore comme un sac de prunes.

— Tu vas prier pour eux, ou bien je t'attache par les pieds à la corde du bourdon et je demande à Pépin de sonner jusqu'au soir et de recommencer le lendemain matin ! Appelle la Rougeaude, je veux que l'harmonium résonne dans toute la contrée.

Grandi, Félix, les Passeron, les bergers et les Italiens accompagnèrent le couple maudit au cimetière. La population ignora la cérémonie. Le pas des chevaux de la charrette mortuaire conduisit les deux pauvres hères à la fosse commune. Une immense pitié piquait le cœur de Grandi. Thérésius s'était fermé à toute émotion. Pépin planta une simple croix gravée de leurs noms sur le trou rebouché à la hâte.

Thérésius eut besoin de se ressourcer au cœur de son oliveraie, de sentir monter la sève puissante de ses arbres, de palper leur écorce, de puiser dans sa terre de nouvelles forces. Peu à peu, il évacua ses cauchemars, cédant la place à une joie indicible. Plus rien ne s'opposait à ce que la frontière entre le Val des Costes et la Manuella soit abattue et à ce que le chemin d'accès soit à nouveau praticable. La municipalité serait certainement heureuse de se débarrasser de ce terrain qu'elle ne pouvait exploiter et Grandi ne manquerait pas de contenter son ami. Thérésius se laissa emporter dans une douce euphorie. Dorénavant, personne ne pourrait l'arrêter dans son entreprise !

Les lettres embrasaient les mains du maire. Il lisait la sienne et la relisait sans cesse, se gardant malgré une curiosité ardente de décacheter les deux autres. L'incroyable s'ajoutait au dantesque : jamais il n'aurait imaginé un tel imbroglio ! La Moura, qu'on croyait illettrée, avait laissé un drôle d'héritage écrit, jetant l'opprobre sur bon nombre de familles ! Elle y décrivait la vie des uns, les fredaines de certaines auxquelles on aurait donné le bon Dieu sans confession, les amours cachées de messieurs honorables. Quelle vengeance grandiose ! Personne ne lui avait échappé ! Mais pour Grandi se posait la question cruciale de l'utilisation d'une telle chose. Lui seul en connaissait l'existence. Il songea à ses citoyens. Il les aimait, malgré leurs défauts et leur cupidité, et souhaitait vraiment que le village retrouve quiétude et paix. Alors il déchira une par une les pages et les fit brûler. Il observa dans les braises l'évanouissement d'une revanche terrible. Alphonse Grandi ne garda que le document de l'Assistance publique et les deux autres plis, qu'il dissimula au fond d'un tiroir secret.

Mars s'écoulait, doucereux. Les gelées passées, Thérésius ne se préoccupait plus que de ses arbres. Finies les broutilles concernant Edouard et Rose ! Il évitait scrupuleusement d'y penser. D'ailleurs, son fils ne rentrait que très tard au mas, et Thérésius préférait pour l'instant l'éviter. L'important à présent était ses oliviers. Il devait préparer la saison suivante. « Au mois de février, fais tes oliviers, au mois de mai, faut encore y aller, au mois de septembre, encore un peu passer. » Ses enfants vivaient au rythme régulier des saisons : le sommeil l'hiver, l'éveil au printemps, la maturation l'été et l'assoupissement précédant la naissance en automne, ces trois mois délicats avant la Noël où la sève coulait, où chaque arbre demandait une attention infinie. Les sécateurs et les serpettes de Rémi et Paul, le tour de main d'Alberto et Giovanni allaient former les géniteurs selon les vœux du maître.

« On ne taille pas pour aujourd'hui, mais pour l'avenir. La feuille a besoin de lumière, les branches et le tronc, d'ombre, expliquait-il. Et n'oubliez pas que les feuilles de l'année font les olives de la suivante ! »

L'arbre aimait qu'on l'entretienne. Une volupté étrange émanait de sa robe. Avant de lui refaire une beauté, les ouvriers l'observaient du bas à la cime, cherchant le biais pour le tailler. Une coupe parfaite, et il revêtait un bois nouveau, des feuilles craquantes et des olives succulentes.

— Ecoutez, il roucoule ! plaisanta Giovanni.

— Comme balourd, on fait pas mieux ! Qu'est-ce qu'il ne ferait pas pour qu'on le remarque ! jeta Rémi à la volée. S'il entend des voix, moi je suis l'évêque de Grasse !

— Je te verrais bien en robe ! rigola Paul.

Thérésius scinda ses arbres en trois catégories. Les plus jeunes requéraient une taille de formation et d'accompagnement, on sélectionnait les branches charpentières et l'on coupait l'axe central. Sur les deuxièmes, ceux dont la taille relevait de l'entretien, on éliminait le bois trop vieux, les tiges pendantes trop longues et les gourmands. Cette coupe s'effectuait toujours au ras d'une fourche. Quant aux derniers, on les restructurait entièrement, les régénérant en une taille sévère pour les guider vers le haut afin qu'ils soient plus productifs et éviter ainsi l'alternance des récoltes d'une année sur l'autre. Ces coiffeurs d'un genre particulier affûtaient leurs outils et, entre deux coupes, passaient les lames à l'alcool pour ne pas transmettre de parasites d'un arbre au suivant. Le bois était ensuite traité au cuivre après chaque manœuvre, prévenant ainsi l'apparition du redoutable champignon à taches brunes et jaunes, « l'œil de paon ».

Le clair-obscur s'infiltrait entre les rameaux. L'air relevait les ramures. Les branches respiraient la terre nourricière et se doraient au tendre soleil. Une hirondelle pouvait à présent traverser le feuillage sans le toucher. L'émondage fournissait aux bêtes une alimentation de choix. Les bergers en nourrissaient les troupeaux, surtout l'hiver lorsque les moutons étaient à l'étable. Certains artisans s'en servaient pour la flamme des fours ou de la forge, d'autres pour le feu des cheminées.

Ils sarclèrent l'herbe, labourèrent, engraissèrent le sol au fumier de cheval, à la paille et au compost. Le Val des Costes était fin prêt. Apaisé, Thérésius attendrait tranquillement la floraison du mois de juin. L'émergence et la croissance des premiers fruits viendraient vers la mi-juillet, après le contrôle des grappes de fleurs et le traitement contre la teigne.

Edouard respirait avec un plaisir charnel le vent du crépuscule, annonciateur de journées plus longues, de fraîcheur et de suavité des genêts. Le ciel, d'un bleu si pur et si dense, ne parvenait pas à sombrer dans les tons de nuit, pourtant des myriades d'étoiles éclataient, des Alpes à l'Estérel. Dans les glacis et les champs se perdait le gémissement des pins et des chênes. Le chant malingre des roseaux, le sifflotement des ajoncs roulaient dans l'écume de la Siagne.

Edouard portait en lui la sauvagerie de cette contrée et la sagesse rugueuse des collines. Face aux Moulières, calé contre un rocher plat, caché par une fourche d'ormeau, il gardait le fusil à portée, aux aguets dans l'attente des moustaches d'un lièvre qui perceraient d'un terrier ou de quelques perdrix rouges, insolentes et volages, qui badineraient.

Ce n'était toutefois pas le gibier qu'il guettait, mais les fenêtres de sa promise. Les longs moments passés à contempler la maison le rapprochaient de la belle. Il songeait à sa peau douce, à la soie de ses cheveux, au cristal de ses rires, à l'espièglerie de ses yeux gourmands et enjôleurs. Il attendait une apparition de Rose comme si sa vie en dépendait.

Le comportement de son père envers la famille Audibert n'était qu'une anecdote. Il se doutait que le vieux reviendrait un jour ou l'autre à de meilleurs sentiments. Il lui fallait le temps de digérer la nouvelle. Et puis, Edouard n'était-il pas un fabuleux mestre moulinier ? Son sérieux, ses exigences et sa sincérité n'étaient plus à prouver. Il avait choisi Rose. Il se battrait pour la posséder contre vents et marées.

Mais le problème le plus délicat ne se trouvait peut-être pas chez Thérésius. Convaincre Audibert de lâcher sa fille ne relevait pas d'une mince stratégie. Rose savait qu'il l'espérait, aussi avait-elle imaginé divers stratagèmes pour détourner l'attention de son père. A quoi ne serait-elle pas prête pour entendre Edouard lui chuchoter ces mots éternels ? Ces moments intenses parce qu'interdits semblaient voués à disparaître. En effet, elle avait perçu plusieurs discussions entre son père et ses relations niçoises. On l'incitait vivement à venir s'installer sur la Promenade des Anglais. Sa peinture serait exposée dans des galeries de renom et ses soucis financiers résolus. Depuis, elle espionnait le courrier, redoutant l'échéance. Son unique consolation résidait dans l'attachement d'Audibert aux Moulières, sa maison de famille, celle près de laquelle son épouse, décédée en couches, était enterrée à côté d'une haie de troènes, dans un carré de rosiers blancs.

11

Ce dimanche de mai, Thérésius se rendit à la mairie. Alphonse Grandi, arborant l'écharpe tricolore, préparait le défilé et le dépôt de gerbes au monument aux morts. Après la cérémonie, les autorités avaient organisé un banquet républicain. Le député, le conseiller général du canton, le représentant de la chambre d'agriculture et Christian Grenier étaient les invités d'honneur. Des drapeaux ornaient le couloir. Ceux de 1870, les anciens de « la Grande », les gueules cassées en uniforme — bandes molletières, brodequins cirés, décorations, bérets et calots réglementaires —, patientaient sur le perron.

La fin du printemps représentait un répit pour Thérésius et les autres oléiculteurs. Une sève dense irriguait les troncs. La nouaison couvait. Les bergers avaient rejoint Escragnoles. L'épuisante transhumance jusqu'aux Alpes, passant par Digne et Gap, s'annonçait. Il fallait préparer les chiens, les mulets de bât, les relais, se résoudre à la solitude déchirante des plateaux arides et dépeuplés, aux lents monologues avec les pierres, aux longs soirs de veille.

Alberto et Giovanni restèrent à Saint-Cabraire. Ils défonçaient et labouraient à l'araire les Tirasses, des parcelles sèches, compactes, dans lesquelles le soc taillait des sillons et brisait des mottes tenaces. Thérésius laisserait en jachère les lopins retournés. En automne, il fumerait avec de l'engrais de cheval, tâterait les grains fructueux de cette terre et aviserait en conséquence. Au mois de juin, Alberto et Giovanni reprendraient la route vers la mer et rejoindraient leur Piémont natal.

— Tu es tombé du lit ! s'exclama Grandi.

— Moque-toi de moi...

— Adèle t'a mis à la porte ou tu viens assister à la parade ?

— Tu sais à quel point tout cela m'ennuie.

— Te joins-tu à nous pour le gueuleton ?

— Avec Grenier, le repas risque de passer de travers. Il bouffe à tous les râteliers, celui-là ! Merci !

Le maire remarqua l'air tracassé de Thérésius. Il l'entraîna donc dans son bureau. Assis sur un mauvais siège, Thérésius, le menton appuyé sur le pommeau argenté de sa canne, fixait le carrelage, écarquillant les yeux. Dans sa tête se bousculaient des événements difficiles à expliquer. Il fouilla dans sa poche, en tira sa blague à tabac, bourra sa pipe et l'alluma.

Grandi se taisait. Il respectait le silence méditatif de son ami. D'ailleurs, il avait le temps. Le curé devait être sur son perchoir, haranguant les fidèles d'un prêche énergique. Le dépeuplement des offices exaspérait le prêtre. L'abandon de la confession du samedi et le petit nombre des communiants lui retournaient les sangs ; le mauvais état de l'église le désespérait ! En plus, la municipalité ne lui montrait que peu de soutien. Et, pour achever ses misères, le futur départ à la retraite d'Eugénie, l'institutrice, et sa crainte de voir débarquer au village un maître d'école républicain faisaient mollir les hosties.

Alphonse Grandi observait son ami avec compassion, mais aussi avec gêne. Il avait appris certaines choses sur sa vie et ne pouvait pour l'instant que se taire. La Moura aurait dû emporter ses secrets avec elle ! Un jour, il lui révélerait la vérité. Pour l'instant, il ne s'en sentait pas le courage. Une force contraire l'empêchait de dévoiler l'incroyable, comme si la puissance de la Moura résidait dans ses hésitations. Il avait pris le parti de la réflexion. Il comptait ainsi gagner quelques semaines, voire quelques mois. Thérésius rompit ce curieux flottement par ces paroles :

— Voilà, c'est délicat, très délicat, même… Mais je ne peux attendre une minute de plus !

— Diantre, qu'est-ce qui te met dans cet état ?

— Je ne sais pas comment tu vas réagir…

— Thérésius, nous sommes amis, alors n'hésite plus. Tu peux m'entretenir de n'importe quel sujet librement.

— Voilà…

Thérésius soupira. Il se leva et fit les cent pas dans le bureau du maire. Il essayait de retrouver la dignité qui forgeait l'autorité du patriarche. Il avait tant espéré ce moment, mesuré ses arguments, pesé la justesse de ses propos, s'était préparé aux oppositions éventuelles, et à présent il était incapable de défendre sa proposition ! Il pensait commettre une faute alors qu'il ne sollicitait que son bon droit. Le mur de la Moura se dressait, plus terrible encore. Et l'image muette de la femme, tel un mirage, se balançait dans sa mémoire.

— Est-ce si grave que ça ?

— Difficile, surtout. Je ne voudrais pas te mettre dans l'embarras... Ne crois pas que je profite de la situation...

— Je te répète que tu es mon ami. Si tu as des soucis, je suis là pour t'aider, toi et ta famille.

Thérésius se ressaisit. Il exposa calmement sa requête, prenant moult précautions : ses espoirs se jouaient lors de cette conversation.

— La Moura a disparu et le mur n'a plus aucune raison d'exister. C'est une question d'intérêt général. Les accès rétablis, chacun retrouvera les commodités d'antan perdues et notre travail à tous sera facilité. On ne sera plus obligé d'effectuer de détour pour descendre à la Siagne. Attention, Alphonse, je ne te demande pas de me céder la Manuella, juste un passage !

Sa démonstration achevée, il se sentit singulièrement soulagé.

— Je m'y attendais. Cette évidence m'a sauté à la figure le lendemain de l'enterrement de la Moura et de Mastègue. Mais il y a un imprévu, et de taille !

Le maire ouvrit son secrétaire, déplaça plusieurs compartiments de sa table de travail avant d'extirper une lettre.

— Voilà l'imprévu en question ! dit-il en brandissant le document.

Thérésius, ébahi, dévisagea son ami.

— De quoi s'agit-il ?

— L'histoire de la Moura ne s'arrête pas à sa disparition, ce serait trop simple ! Elle a laissé une sorte de testament que j'ai trouvé sous son matelas lorsque nous sommes allés nettoyer la propriété.

— Et alors ?

— Elle a une héritière.

Thérésius faillit s'étrangler. Au bord de l'asphyxie, il s'écria :

— Qu'est-ce que tu racontes ! La Moura, une héritière... Tu deviens dingue, mon pauvre Alphonse !

— Non, je te rassure, je suis encore vif d'esprit malgré mon âge. C'est écrit noir sur blanc dans sa lettre. J'ai le prénom : Ariane, sa date de naissance et l'hospice dans lequel elle a été abandonnée.

— Elle n'a jamais eu d'enfant, on s'en serait aperçu ! Il y a assez de commères à Saint-Cabraire pour radoter sur le moindre gonflement suspect d'une jeune fille en fleur !

— Le village n'a vu que ce qui l'arrangeait.

— Un traquenard monté par cette démente pour nous empester la vie, même après sa mort ! Et quand a-t-elle mis bas ?

— Il y a longtemps. Peu après la disparition de ton père.

— Des sornettes, oui ! Dis-moi que tu ne veux accepter ma requête ! Mais la Moura, un enfant... Tu ne me feras jamais avaler cette couleuvre ! Une femme pleine, ça se voit ! Et s'il y a un enfant, qu'est-il devenu ?

— Une adolescente engrossée, soit on la cache, soit on appelle une faiseuse d'anges, au pire un soir qu'elle ramène les chèvres à l'étable, elle peut glisser dans la cluse de Siagne... Ces accidents arrivent plus fréquemment que tu ne le penses.

— Je n'en crois pas un mot !

— En ce qui concerne la Moura, ses parents ont dissimulé sa grossesse.

Grandi lut en détail la lettre à Thérésius. Lorsque la Moura tomba enceinte, sa mère, la Madeleine, frappée par la honte, s'enferma au premier étage et ne voulut plus entendre parler de sa fille tant que la situation n'était pas réglée. Gaspard, son père, rustre comme pas deux, l'obligea à des travaux de force : bêcher le jardin, biner les légumes, couper le bois, tirer l'eau du puits, nettoyer l'étable, transporter le fumier... Il l'envoyait garder les chèvres des nuits entières dans les collines, priant pour que l'embryon éclate et que les saignements fassent disparaître enfin l'objet du péché. Mais l'enfant s'accrochait. Même le fouet de Gaspard n'eut pas raison de lui. La Moura s'arrondissait au fil des mois. A la fin mars, alors que les derniers gels se dissipaient, que les mimosas viraient au jaune vif, que les brebis agnelaient, la Moura accoucha seule en pleine garrigue du côté du Pilon, à quatre lieues de la Manuella. Elle rayonnait sous le soleil. Elle se traîna sur un tapis de mousse, coupa le cordon avec une serpette, le noua et serra sa fille contre sa poitrine. Elle était délivrée. Elle présenta au nouveau-né son sein gonflé de lait, puis lécha, comme une chatte sauvage, le corps du nourrisson. Avec ses larmes de bonheur, elle lui débarbouilla les paupières et les yeux. Ensuite, elle l'enroula dans son manteau de berger et prit le chemin de la maison, ramenant également le troupeau sans perdre une bête. Elle pensait que ses parents, en voyant l'enfant, lui pardonneraient sa faute. La Madeleine ordonna qu'on la débarrasse sur-le-champ de cette bâtarde répugnante. Gaspard, dans une fureur éthylique, après avoir corrigé sa fille, attela la mule à la charrette, embarqua la Moura et la petite, direction l'Assistance publique de Saint-François-de-Paul à Nice.

— Ensuite, ils l'ont mariée à Mastègue, continua Grandi, pour camoufler la faute. Elle avait à peine dix-sept ans ! Le pauvre garçon ne demandait pas mieux. L'affaire était bonne. Il trouvait une famille, une maison, une femme toute fraîche et une propriété, humble certes, mais appréciable.

— Mais pour quelles raisons Gaspard a-t-il emmené la Moura avec lui ?

— D'après mes déductions, parce qu'il y avait des papiers à remplir et que cet abruti était illettré !

— La Moura aussi !

— Justement, non ! Je l'ai découvert par ces lettres. Vois-tu comme l'on se trompe sur ses semblables ! On la prenait pour une sotte, alors qu'elle avait parfaitement monté son affaire. Et, crois-moi, nous ne sommes pas au bout de nos surprises. J'imagine le pire !

— Il y a plusieurs lettres, alors ?

Alphonse se raidit. Thérésius sentit un certain énervement chez son ami. Il semblait ébranlé par ses découvertes, meurtri par son incapacité de n'avoir pu réfréner l'imbécillité et l'acharnement collectif.

— Et que prédisent les autres ? A ce point, je peux tout entendre !

— Pour l'instant, je ne peux rien dévoiler. Mais je te garantis que tu seras le premier informé...

Thérésius était abasourdi. Plus aucune argutie ne tenait devant l'évidence des faits exposés par Grandi. Il s'enfonça dans le fauteuil, et parla à voix feutrée.

— Qui est le père ?

— Pour le moment, je n'en sais rien.

— Où est « l'héritière », maintenant ?

Je vais devoir écrire à la préfecture pour engager des recherches. Sache, Thérésius, que je n'ai voulu ni te mentir, ni te nuire, mais il me faut exécuter mon devoir.

Deux coups discrets : la porte s'entrebâilla, Félix apparut.

— La messe est finie. Ils t'attendent, monsieur le maire !

— A bientôt, souffla Grandi à Thérésius en rejoignant le cortège. Ne désespère pas, on pourra discuter avec elle — si toutefois on la retrouve.

Tout s'écroulait autour de Thérésius. Les fondations qu'il avait construites lui parurent soudain fragiles. Si au moins Edouard le soutenait... Depuis que le moulin avait clos ses portes, l'ostrogoth préférait virevolter autour des Moulières et câliner en secret sa tendre Rose. Ce n'était pas ce papillonnage inutile qui allait résoudre ses soucis ! Thérésius flottait dans son passé. D'anciennes images affluaient : l'annonce de la disparition subite de son père, le soir où il s'était endormi pour la première fois dans une chambre autre que la sienne, la maison de son enfance, et ce mystère... Ses pensées ricochaient toujours sur les mêmes événements, une répétition lancinante et cruelle. Dans le couloir, Garibaldi geignait et remuait la queue, impatient de cavaler dans le Val des Costes.

— Un remontant ? lui proposa Adèle.

— Je veux bien, répondit-il d'une voix traînante et grave que l'émotion déguisait.

Adèle lui apporta de la « blanche », une eau-de-vie de prune concoctée par Félix, seul possesseur d'un alambic dans le village. Il faisait d'ailleurs fortune avec ses alcools de fruits. Thérésius se confiait peu. Son épouse le savait désemparé et ne pouvait lutter contre les vieux démons qui hantaient son mari. Il acceptait difficilement la fatalité. Son destin était-il lié à celui de la Moura ? Que voulait-elle lui avouer le soir de Noël ? Elle l'épiait encore par-delà sa muraille, toutes griffes dehors. De son écriture brute, elle fissurait et meurtrissait l'existence de Passeron. La Moura haletait de joie. La Moura jubilait. La Moura éparpillait dans son sommeil d'insoutenables hallucinations.

La nouvelle s'échappa de la mairie, parcourut le village à la vitesse de la tramontane, s'enfuit dans les chaumières, se posa sur les bancs de la place Haute et acheva son pèlerinage au lavoir. La bande du curé s'en donna à cœur joie. Une telle histoire alimentait leurs médisances et leurs conversations des mois durant.

— La Moura avait une fille ! Elle a vêlé sans qu'on le sache ! claironna la Rougeaude d'un air suffisant.

— Et on ne sait pas qui l'a engrossée ? s'enquit Adrienne.

— Si elle l'a abandonnée, c'est que le père s'est défilé ! Les hommes, tous pareils ! Des lâches ! Lorsqu'on a besoin d'eux, on peut toujours les chercher ! Mais moi, ils ne m'ont pas eue ! s'exclama une vieille fille, dont la virginité constituait l'unique trésor.

— En plus si elle ressemble à la virago, la malheureuse ne doit pas sortir tous les jours dans la rue ! ricana Adrienne.

— Pauvre Mastègue ! Dans son genre, c'était vraiment un saint ! s'apitoya la Rougeaude.

— Il n'en savait certainement rien, le balourd !

— Je m'en doute... Pour le père, j'ai peut-être ma petite idée... chuchota Adrienne.

— Dis voir ! supplièrent-elles à l'unisson.

— Pas encore... Il faut que je réfléchisse...

Le tumulte atteignait son paroxysme. De l'auberge des Mules à la boulangerie, de la droguerie à l'officine de l'apothicaire, des hameaux les plus reculés aux fermes, il n'était plus question que de l'héritière. La population s'était découvert un goût immodéré pour les enquêtes. La rumeur franchit la frontière du canton, balaya les bourgs environnants et le Cours à Grasse.

Le curé avait un mal fou à faire taire les insanités, rappelant à la confession ses brebis égarées dans l'affabulation. Il essayait de guider ses ouailles dans ce monde trop agité. Les hommes de Saint-Cabraire furent tour à tour soupçonnés, sans aucune limite d'âge. La honte s'abattait alors sur la famille du malheureux qui était désigné. On montrait du doigt surtout les octogénaires, les nonagénaires et les trois centenaires, bien verts. Chacun se défendait âprement de ne posséder aucun lien avec la Moura. Certains affirmèrent qu'ils ne l'avaient jamais connue. A la stupeur de Grandi, ses administrés basculaient dans une sorte de douce folie. Et les clans se reconstituèrent…

12

La Daimler décapotable vrombissait sur la route empierrée. Son moteur puissant avalait les raidillons. Les cent vingt chevaux, dans des émanations d'essence et des tourbillons de poussière, traçaient un sillage infernal. Ariane Beauséjour, le regard dardé sur le paysage, maîtrisait la machine avec nonchalance et dextérité. La vitesse et le ronflement de la mécanique semblaient littéralement la transcender. Elle avait l'impression de s'envoler dans les lignes droites. A ses côtés, Gabriel, son époux, se tenait crispé au tableau de bord en cuir fauve.

Extravagante, Ariane dispensait autour d'elle une beauté fugitive, un charme accentué par des yeux gris-bleu presque irréels. Elle accéléra. Une épaisse fumée noire se vida du pot d'échappement. Une condensation grisâtre enserra le capot et les portières. L'automobile glissait dans les coups de vent. Ariane, les mains gantées de daim, maintenait fermement le volant. De temps à autre, elle ralentissait, essuyait ses lunettes et pressait aussitôt la pédale, ne laissant aucun répit à la machine.

En contrebas, la vallée emportait vers la mer une Siagne apaisée de ses crues de printemps. Les flancs nus des falaises se gorgeaient de chaleur, les buissons éclataient de fleurs multicolores. Des mirages tremblotants fusaient et s'allongeaient dans une course éperdue vers le soleil. Gabriel, peu rassuré, jeta un œil au compteur : soixante-dix kilomètres-heure ! Depuis qu'ils avaient quitté, au carrefour de Grasse, la route nationale, bien lisse, parfaitement goudronnée, ils frôlaient le précipice et rasaient les talus.

Gabriel serrait les dents, se refusant à prodiguer à Ariane des conseils de prudence car il savait pertinemment qu'elle ne l'écouterait pas. Alors, pour apaiser ses craintes, il se réfugia dans la splendeur de son visage, comparable à celle d'un camée ou d'une médaille divine. De la masse serrée de ses cheveux blonds maintenus sous un foulard de soie mauve noué au menton, des mèches claires et transparentes tournoyaient au gré des souffles d'air. De petites boucles éparses sur la nuque révélaient la délicatesse d'un cou de nacre et la fragilité voluptueuse de ses épaules. Dix années de mariage n'avaient pas entamé sa sublime grâce. « Que dire à cette intelligence pure et libre, à ce caractère entier ? »

⋆

⋆ ⋆

Les associés des parents de Gabriel Beauséjour, des cousins éloignés, Marion et André Sauvigny, en mal de descendance, avaient décidé d'adopter un enfant. Ils firent fi des oppositions soulevées par un entourage plus intéressé par la sauvegarde du patrimoine familial que par le bonheur du couple. Car les Sauvigny, comme les Beauséjour, étaient riches et puissants. Propriétaires de compagnies de transport maritime et ferroviaire, les deux familles se partageaient en Provence l'exploitation des chemins de fer du Sud. La construction de la ligne du train des Pignes et de la seconde gare de Nice, qui desservait l'arrière-pays jusqu'aux Basses-Alpes et l'Italie, avait constitué leur principal projet de ces années 1900. L'arrivée de l'inconnu, probable héritier, ne pouvait que troubler les accords familiaux, semer la méfiance chez les actionnaires et le désordre entre les deux partis. Marion et André optèrent alors pour une fille, qui rétablirait l'équilibre des forces par un mariage de circonstance et prolongerait ainsi l'alliance des Sauvigny aux Beauséjour.

Une longue allée carrelée de tomettes sanguines désinfectées à la javel menait au dortoir de l'hospice de Saint-François-de-Paul. Les hauts plafonds renvoyaient l'écho des chuchotements. Côtoyant des images de la Vierge et un portrait géant du franciscain, saint patron des lieux, un chemin de croix achevait son périple sur le palier. Les barreaux croisés des fenêtres dessinaient un damier sur le parquet. Les garçonnets, vêtus de tabliers noirs aux liserés rouges entourant les boutonnières, les paupières lourdes de tristesse, assis sagement sur le bord de leur lit, espéraient l'improbable visite du dimanche. De bonnes dames pieuses venaient les rencontrer en ce jour du Seigneur, leur offrir des friandises, des habits, un goûter, leur apporter un réconfort passager. Mais eux aspiraient uniquement à la main charitable qui les amènerait loin de ce sinistre refuge pour chiens abandonnés. Les dimanches se succédaient sans répondre à leurs attentes. A six heures, la cloche tintait inexorablement la fin des visites. Une sœur passait dans les couloirs et poliment demandait aux visiteurs de quitter les lieux. Les orphelins devaient ainsi patienter à nouveau jusqu'à la semaine suivante en maudissant le sort qui les avait conduits aux portes de l'oubli. Ils succombaient à la grisaille et au manque d'amour, l'âme lacérée à jamais.

Marion Sauvigny avait croisé les yeux ronds bordés de profonds cernes bleutés d'une blondinette bouclée, aux jambes et aux bras maigrichons. Vêtue d'une jupe écossaise fripée et passée, elle triturait un ourson démembré au ventre flasque. Une flèche rougie transperça le cœur de la femme.

« Elle, murmura Marion Sauvigny.

— Pourquoi elle ?

— Cette enfant me trouble.

— Un sacré caractère, annonça la nonne qui les accompagnait, vous feriez mieux d'en choisir une autre plus calme et plus obéissante... Une fille qui saura plus tard tenir un intérieur et qui ne contrariera pas ses généreux protecteurs !

— Non, c'est elle ! répéta Marion.

— A vos risques et périls... On ne pourra pas dire que je ne vous ai pas prévenus !

— Comment s'appelle-t-elle ?

— Elle porte un prénom peu commun : Ariane.

— Ariane, cela sonne bien !

— Réfléchissez avant de prendre votre décision ! C'est vraiment une tête dure : elle perturbe les offices, se moque des punitions, vous nargue à chaque réprimande ! renchérit la religieuse.

— Je veux que les rires et les jeux d'Ariane envahissent au plus vite notre demeure, n'est-ce pas mon cher époux ?

— Ma chère Marion, que ne ferais-je pour exaucer vos désirs ? »

Ariane grandit dans un berceau de tendresse. Marion la combla d'amour. La fillette emplit la maisonnée de joie et de bonheur. Elle s'accommoda très vite à cette vie sans souci, peu impressionnée par l'immense demeure niçoise qui devint désormais son paradis. Elle flânait des heures durant dans le parc où régnaient des plantes exotiques, des palmiers, une flore aux accents curieux. Tout lui paraissait extraordinaire, les statues trônant au milieu des pelouses, les mares aux nénuphars géants, les tonnelles ombrées aux massifs de rosiers où elle chipait l'évanescence des fleurs. A la fin de l'après-midi, elle s'aventurait discrètement dans la bibliothèque, furetait dans les rayonnages d'ouvrages précieux, s'installait par terre entre deux lévriers de céramique rose et feuilletait les livres choisis.

« Quand saurai-je bien lire ? demandait-elle à André.

— Bientôt, tu iras à l'école : la lecture et l'écriture n'auront plus de mystères pour toi et les contes te guideront au-delà des étoiles.

— Tout là-haut ? » s'étonnait-elle.

Elle s'asseyait alors avec autorité sur les genoux de son père adoptif et ils parcouraient ensemble les longues pages d'écriture, s'arrêtant sur les gravures.

Avide de savoir, elle le questionnait sans cesse, comme si elle devait combler des années de manque.

« Dois-je vraiment aller à l'école ?

— Les sciences, le calcul, l'histoire, la géographie, la littérature... Ta petite tête d'oiseau a tellement de choses à découvrir ! »

Le jeune Gabriel Beauséjour accepta d'emblée cette merveilleuse partenaire de jeux, au point d'ailleurs de ne plus vouloir s'en séparer. D'interminables promenades sur les quais à observer les manœuvres d'accostage des navires, à jeter des miettes de brioche aux poissons et aux canards illuminaient leurs aventures.

« Un jour, on partira dans un grand voilier blanc.

— Loin et tous les deux ? » s'enthousiasmait Gabriel.

Ariane glissait sa main dans celle de Gabriel et l'entraînait au bout de la digue d'où ils contemplaient l'horizon chargé de voyages fabuleux. A l'adolescence, leurs sentiments fraternels se muèrent en tendres promesses. Après les brillantes études de l'adolescente à l'université d'Aix-en-Provence, les Sauvigny annoncèrent les fiançailles d'Ariane et de Gabriel Beauséjour. Les intérêts maintenus, les promis heureux : tout était pour le mieux.

Ariane franchit le Tignet. La voie se rétrécissait en un ruban de terre ocre. La Daimler se faufilait entre les rigoles creusées par les pluies, les nids-de-poule, les fondrières, les crevasses. Une suite de jardins maraîchers bordait l'accès au village. Le parfum musqué des genévriers, la suavité des genêts étourdissaient la conductrice qui avalait à pleine bouche l'air tiède. Des milliers d'insectes et d'abeilles bourdonnaient dans les corolles sucrées. Un oratoire grillagé abritait un christ décharné et surveillait un carrefour.

Ariane ralentit. Elle devina, au détour d'une longue allée de marronniers, Saint-Cabraire, statufié dans son cirque naturel, en équilibre sur un belvédère tranché à la scie, bercé par le tintement des sonnailles. La montagne se projetait en lames bistrées rasant le ciel.

Le vacarme de la Daimler secoua la tranquillité de la place. Ariane gara la voiture entre les tombereaux, les bêtes de somme et un troupeau d'ânons apeurés. Le maréchal-ferrant cessa de battre un fer rougi sur l'enclume, sa massette suspendue à bout de bras. « Putaille ! » jura-t-il. L'apprenti, bouche bée, rabotant la corne d'un sabot, oublia le canon d'un énorme percheron serré entre ses cuisses. Des fenêtres s'ouvrirent discrètement ; des volets s'entrebâillèrent ; des passants se figèrent.

Quand Ariane pénétra dans l'auberge des Mules et promena son regard sur l'ensemble des consommateurs, ils en restèrent le verre en l'air, le coude levé. D'une table à l'autre, les discussions cessèrent. Le bourdonnement des mouches supplanta les plaisanteries triviales et les gerbes de rires gras. Les joueurs de contrée stoppèrent leur partie. Les trognes hilares devinrent soudainement sérieuses. L'apparition de cette amazone élégante et racée assomma l'assistance. Sa blondeur, ses yeux légèrement obliques, ses pommettes hautes donnaient à son visage une expression mystérieuse qui figeait l'attention. « De Dieu… » mâchonna le patron.

Ariane ôta ses gants et grimaça à l'odeur tenace de la gargote. Elle alluma une cigarette et envoya devant elle une bouffée bleue qui s'éparpilla en volutes rondes. Elle s'approcha du comptoir

— Madame, que désirez-vous ?

— Je cherche monsieur Alphonse Grandi, le maire, répondit-elle d'un ton détaché.

— A cette heure-ci, il est à l'hôtel de ville...

L'aubergiste ne pouvait soutenir ce regard si perçant qui le sondait jusqu'au tréfonds, un regard d'ailleurs qu'il semblait pourtant connaître. Il tordit un torchon entre ses doigts.

— C'est juste en face de l'église, articula-t-il avec difficulté.

Elle le remercia d'un sourire et, sans une autre parole, sortit, laissant le rideau de glands s'égrener telle une crécelle derrière elle.

— T'es tout pâle, on dirait que t'as vu un mort ! s'exclama sa femme.

— Pire que ça...

— T'es tout drôle !

— La vierge noire... J'ai vu la vierge noire !

— La fille de la Moura, j'en suis certain ! Je savais qu'elle était capable de nous préparer un truc de derrière les fagots ! souffla Félix... Bien joué ma vieille, on te remercie !

Il finit d'un trait sa chopine de rouge, rajusta son pantalon et disparut précipitamment du café.

Ariane retrouva Gabriel près de la Daimler. Le capot ouvert, il commentait à une nuée de gamins le fonctionnement de la machine et l'étonnant passage des vitesses. Tirant un câble, appuyant sur une courroie, poussant un levier, la mécanique hurlait, propulsant dans les airs une vapeur grisâtre. L'assemblée, les yeux écarquillés, s'extasiait devant le monstre rugissant.

— Tu devrais interrompre ta brillante démonstration, Gabriel, je pense que nous sommes attendus... lui dit doucement Ariane.

Il cessa ses explications et confia la garde du véhicule à deux costauds qui écartèrent aussitôt les filles, les maigrichons, et s'installèrent sur le marchepied.

Ariane ! La fille de la Moura ! Au village ! Les esprits tempêtaient sous les couvre-chefs et dans les crânes les plus simples. On s'attendait à voir une pauvresse empoussiérée débarquer au détour de la route, un baluchon sur l'épaule... Au mieux, de la patache, repentante des fautes de sa mère, la tête basse... Mais là ! La stupéfaction était à son comble. L'effet conjugué de cette femme dans la plénitude de l'âge, à l'allure raffinée, dont chaque geste démontrait une aisance et une autorité rares, qui de surcroît déboulait en voiture de luxe, bouleversa tous les calculs et les suppositions des villageois. Ariane et Gabriel, bras dessus, bras dessous, passèrent devant le perron de l'église en ignorant la grappe de médisantes qui les détaillaient des bottes au chapeau.

— Qu'est-ce que la Moura nous a pondu là ? baragouina la Rougeaude, une moue pendante sur son double menton.

— Il fallait s'attendre à tout ! maugréa Adrienne.

— Un oiseau de passage ! Pour rester ici, il lui faudra du caractère ! renchérit une bigote.

— La bougresse ne ressemble pas tellement à la Moura, constata la préposée à la quête.

— Elle traîne son mari en laisse comme un petit bâtard !

— Un Mastègue tout craché... Mais riche et mieux habillé ! en déduisit la Rougeaude.

— Pas folle, la guêpe, elle ne s'est pas trompée de parti ! Plus finaude que sa mère ! reprit la bigote.

Ariane bifurqua dans une ruelle adjacente à la mairie. Elle, d'habitude si déterminée, se trouvait confrontée à cet instant précis à d'incroyables doutes. Ce rendez-vous la mettait mal à l'aise... Le trouble subsistait. Ses pensées se perdaient dans l'inconnu. Elle désirait réfléchir encore un moment sur le sens de cette incroyable histoire.

Lorsqu'elle avait reçu le courrier administratif de la préfecture accompagné d'une lettre cachetée du maire et d'une autre de l'orphelinat, elle avait longuement hésité avant de répondre. Puis la curiosité avait pris le pas sur le dédain, le désir de savoir sur la négligence et l'oubli. Puisqu'elle ignorait tout de sa naissance, l'occasion de soulever le voile sur les arcanes de sa première existence se présentait peut-être ? Au premier abord, l'annonce d'un héritage la fit éclater de rire. Qui pouvait donc bien se préoccuper d'elle ? Pourquoi osait-on maintenant hisser au grand jour ce que l'on avait toujours voulu lui cacher ? Elle ne pouvait pas se détourner de sa vérité. Mais il n'était pourtant pas question de remettre en cause sa vie parfaitement organisée et heureuse, de bousculer l'ordre des choses établies ! Elle en avait longuement discuté avec Gabriel, échafaudant de nombreuses hypothèses. Finalement, tous deux avaient pris la décision de se lancer dans l'aventure.

— Que vient-on faire dans ce pays ?

— Les faîtières sont admirables ! J'adore les hirondelles qui nichent sous les tuiles et le vol des tourterelles... répondit en riant Gabriel.

— Que va-t-on découvrir ? Pourquoi n'ai-je pas jeté ce papier ?

— Tout bêtement parce que nous sommes en été et qu'il n'est pas indispensable d'allumer la cheminée.

Elle lui lança une bourrade qui n'eut pas l'effet escompté. Gabriel goûtait trop les mots d'esprit pour pouvoir s'en passer, même dans les situations graves. Devant une porte basse et étroite, Ariane eut envie de pénétrer dans la maison et dans l'étable attenante, de caresser l'âne et les moutons. Gabriel adorait ces moments-là, ceux où elle perdait son flegme et se révélait imprévisible.

Ariane ne pouvait répondre à aucune des interrogations qui la tourmentaient. Elle se trouvait à quelques mètres de la vérité, ne sachant ce qu'elle allait découvrir, un cadeau magnifique ou un sordide mélodrame ? Elle se remit en marche. La fraîcheur des venelles la rassérénait. Elle but à une fontaine, s'aspergea le visage et sourit à son mari.

— Où t'ai-je entraîné ?

L'inébranlable optimisme de Gabriel la tranquillisa. Il partageait, depuis tant d'années de vie maritale, ses joies et ses tristesses. Tel un roc, il acceptait ses colères, ses silences, ses bouderies. Il lui était entièrement dévoué et faisait preuve d'une patience sans limites.

— Nous verrons bien, ma chère. Peu m'importe, du moment que nous sommes ensemble.

La confiance aveugle de Gabriel réconforta Ariane. Il était comme un pilier qui étayait son âme et abolissait ses hésitations.

— Ma douce, cette promenade est certes merveilleuse, toutefois je pense que le maire doit s'impatienter.

— J'aime me faire attendre ! La surprise n'en sera que meilleure !

Gabriel poussa la porte. Ariane resta un court instant immobile sur les marches de l'hôtel de ville.

— Juste une seconde ! J'ai l'impression de pénétrer dans le sanctuaire de ma mémoire perdue !

A leur arrivée, Eugénie délaissa les papiers qu'elle consultait, fronça les sourcils et leva les yeux pardessus ses bésicles.

13

Ariane fixait la vallée. Elle serrait dans sa main la lettre remise par Grandi, la deuxième. Jamais Gabriel n'avait perçu chez sa femme autant de désespérance. L'entrevue avait été courtoise, presque hésitante. Le maire débordait de compassion, se perdant en excuses comme s'il portait seul la responsabilité du décès de la Moura. Certains des conseillers municipaux qui l'entouraient osèrent en appeler au malheur, à la fatalité, à la misère... Derrière ces banalités, Ariane devina une hypocrisie latente parfaitement ancrée dans les mentalités. Elle ne décela en aucun d'eux la moindre satisfaction à l'idée qu'une héritière perpétue la mémoire de cette femme bannie. Elle essayait de mettre de l'ordre dans ses pensées. Sa destinée la rappelait à la bassesse du quotidien. Elle, avide de merveilleux et d'utopie, s'abîmait dans les affres de l'incompréhension.

Ils avaient passé la nuit à la Manuella, assis au pied d'un olivier. Elle avait failli s'évanouir face à l'incroyable. Difficiles à supporter et à digérer, tant de secrets révélés et projetés dans sa conscience avec la force d'un boulet de canon ! Elle découvrait des pions qui s'imbriquaient l'un dans l'autre pour reconstituer un passé flou. Une raideur l'engourdit. Elle froissa dans son poing ces pages de vérité. Gabriel s'était éloigné, laissant Ariane dans ses méditations, face à un miroir fané. Il ne lui demandait rien. Elle balbutia quelques mots, les bras tendus à la façon d'un aveugle suppliant la noirceur de son ombre. Enfin, elle appela son mari. Elle ressentait l'immense besoin d'épancher sa douleur sur sa poitrine, totalement désarmée devant la confession de sa mère. D'impénétrables ténèbres la précipitaient sur un chemin de poussière.

— Un étrange songe me brûle… l'impression de mourir un peu puis de renaître… de vivre une vie qui ne m'appartient pas.

Malgré l'impassibilité de son visage, Gabriel savait qu'elle ordonnait ses idées, qu'elle briguait une trajectoire afin de comprendre le sens de sa vérité et de ses émotions. Elle se tourna vers lui et parla d'une voix lointaine.

— Enfant, j'ai maudit celle qui m'a procréée ! Je l'ai abominée ! En même temps, elle me manquait terriblement. Elle berçait mon cœur à chaque seconde de ces terribles jours. Je me nourrissais de l'espoir qu'un dimanche elle traverse le dortoir et m'entraîne loin, loin, bien au-delà des murs de l'orphelinat. Je lui aurais tout pardonné. Je désirais tant cette tendresse qu'elle seule pouvait m'offrir. De la lucarne du réfectoire de Saint-François-de-Paul, je voyais les enfants dans leurs beaux costumes flâner avec leurs parents sur le grand boulevard, jouer au cerceau ou au ballon, rire, déguster des bonbons et des glaces, faire des tours de manège. Je les enviais. Je les jalousais. Pourquoi pas moi ? Je griffais, frappais, éventrais de haine mon ourson. Pourquoi ? Est-ce qu'une gamine abandonnée peut répondre à cette interrogation ? Non ! Elle a juste le droit de supporter et subir l'autorité des grandes personnes, de ces adultes qui l'ont trahie ! Privations et punitions étaient mes seuls cadeaux !

Ariane, tremblante de sanglots, marqua une pause. Puis un sourire s'esquissa sur ses lèvres.

— Ensuite, telle une étoile filante traversant la galaxie, est venue Marion, la merveilleuse, la magnifique... Marion, cette mère tant souhaitée ! Et mon enfance fut des plus douces !

Elle étreignit très fort Gabriel. Noyé dans ses cheveux, il pressait son épouse contre lui. Il la sentait fiévreuse ; elle respirait vite. Il chercha sa main, l'assurant de son amour.

— J'aurais dû me débarrasser de cette lettre !

— Tu te le serais reproché toute ta vie !

— Tu as raison, mon tendre Gabriel.

— J'ai toujours raison, ma douce... glissa-t-il tendrement.

La Moura, Mastègue, Gaspard, Madeleine... Ariane déchiffrait mot à mot un itinéraire de souffrance, le chemin qui amena cette femme, un printemps, à abandonner sa fille. Son testament retraçait en détail son long calvaire. L'écriture souvent mal assurée en disait long sur l'acharnement bestial imposé à la Moura.

Ariane essaya de retenir dans sa gorge un hurlement de dégoût. Comment cette femme a-t-elle été conduite à exécuter de tels actes ? Comment ? Elle tendit le document à Gabriel et lui demanda de le lire à haute voix.

— ... *De retour de Nice, Gaspard chercha aussitôt à me marier. Mastègue, un journalier travaillant chez les Passeron, fit l'affaire. Le glas de mes seize ans sonna. Un mois après, le rustre souillait mes draps. Je le supportais tant bien que mal, pensant que peu à peu la fureur paternelle s'éteindrait. Mais non, bien au contraire, elle redoubla ! Je devenais l'esclave, la servante de la maison. Aucune corvée ne m'était épargnée. Les coups et les insultes redoublèrent. Mastègue, sous l'influence de mon père et de l'alcool, s'y mit aussi. Je n'en pouvais plus. Ma mère, la Madeleine, fermait les yeux, arguant que j'avais bien mérité ces corrections, que plus tard je les remercierais pour l'éducation donnée.*

Plus tard, toujours plus tard... Un soir que Mastègue traînait comme à son habitude à l'auberge, Gaspard hurla que le repas n'était pas encore servi et se montra une fois de plus menaçant. Il se saisit de son ceinturon et le brandit au-dessus de ma tête ! Alors, j'ai su que le jour était venu. Dans la soupe brûlante, je versai une décoction de ciguë. Au bout de deux cuillerées, il s'effondra, la face dans les haricots, le chou et la saucisse mijotés à ma façon. Le médecin constata un arrêt du cœur. C'est drôle, je ne ressentis aucun remords, aucune pitié. Je savais au contraire que je possédais maintenant toutes les cartes. Madeleine se réfugia au premier étage et je pris un malin plaisir à lui rendre la monnaie de sa pièce. Elle ne supporta pas longtemps les petits jeux que je lui imposais, surtout lorsque je lui avouai comment son cher Gaspard avait trouvé le chemin de l'enfer. Je lui montrais ma collection de fioles, lui racontais le pouvoir des plantes, entrais la nuit brutalement dans sa chambre, faisant claquer les volets sur les murs, parlant à voix basse derrière sa porte en imitant Gaspard... Sa tête ne supporta pas longtemps un tel régime. Elle refusa de se nourrir et resta cloîtrée. Pauvre mère, elle flancha trois mois après son mari. Quant à la suite, elle est triste aussi... Mais ne m'en veux pas, car tu es la seule personne à qui je puisse raconter ceci pour te montrer à quel point les hommes sont parfois méprisables.

Quelque temps après, qui frappe donc au portail de la Manuella ? Celui qui m'a bernée, celui qui, malgré sa parole et mes prières, s'est conduit comme un veule, un lâche, une crapule ! Celui dont je ne voulais pas que tu portes le nom, synonyme pour moi de bassesse, de trahison, de laideur, celui qui m'avait engrossée ! Et moi, l'oie blanche, j'avais cédé devant ses promesses de mariage ! Il se ramenait comme si de rien n'était, la fleur au chapeau, repentant. Des mois durant, il avait disparu, menant la grande vie, dilapidant son argent, ne se souciant pas de mon sort ! Il n'avait d'ailleurs aucun regret pour son épouse décédée de chagrin à cause des tourments qu'il lui avait infligés ! Ignorant sa femme et son fils abandonnés, méprisant sa vraie famille ! Monsieur avait besoin de chaleur et désirait déguster à nouveau de la chair tendre... Il me demanda de se rafraîchir au puits. Sa route avait été longue, et moi, je n'étais plus à une disparition près. Alors, ce qui devait arriver arriva ! Je t'en prie, Ariane, ne bois jamais l'eau de ce puits, elle est empoisonnée... Pour Mastègue, par contre, ne crois pas les on-dit et les racontars du village : quand il a plongé, il était totalement ivre et j'ai fait ce que j'ai pu. Le sort en a décidé autrement.

Maintenant que je suis délivrée de ce lourd fardeau, j'espère que tu ne m'en voudras pas, que tu comprendras et qu'il y aura une toute petite place au fond de ton cœur, une toute petite, je ne t'en demande pas plus… Le maire du village, Grandi, est serviable, mais méfie-toi des autres. Ce ne sont qu'une bande de pourceaux et de prétentieux !…

Au fur et à mesure de la lecture, Ariane s'assombrissait. Son sang se glaçait. Elle scruta la margelle du puits, témoin de tant de tragédies. Face à des traquenards sans issue, à des portes verrouillées, à des oreilles sourdes, à des bouches déversant des ignominies monstrueuses, qu'aurait pu faire la Moura, sinon se venger ? Qui, dans ce pays, aurait pu lui ouvrir les bras et écouter sa douleur ? Qui aurait pu éviter de tels drames ? Ariane se rendit à l'évidence que sa mère, impuissante, s'était battue contre des moulins à vent !

— Les gens d'ici n'ont-ils pas d'âme ?

— D'âme, de fierté et de courage, ajouta Gabriel.

— As-tu vu leurs attitudes à la mairie ? As-tu entendu leurs conciliabules, leurs justifications doucereuses ?

— Rassure-toi, ils ne m'ont pas trompé.

— Pourtant, cette terre semble accueillante !

— Elle n'abrite pas que des anges…

Un coq chanta au loin. De la vallée montaient les effluves de foin. Une légère brume se dissipait sur les collines et le soleil dardait déjà de chauds rayons. Les lueurs flottantes sur les montagnes, le bruit de la rivière, la quiétude des oliveraies…

Ariane se dégagea lentement de son cauchemar. Ses joues se colorèrent d'un rose charnel.

— On fera boucher le puits ! lança-t-elle à Gabriel.

— La première des choses à accomplir, ma chère ! Je n'ai pas envie qu'une bande de fantômes danse la farandole sous mes fenêtres !

Il devina que son épouse reprenait le dessus.

— J'ai faim, j'ai froid et je me sens très sale !

— Je te propose de nous installer à Grasse dans un hôtel confortable. Ainsi nous réfléchirons à tête reposée aux démarches que nous devons entreprendre.

— Qu'à cela ne tienne !

Grandi passa la nuit dans son bureau, dérouté par la rencontre avec Ariane Beauséjour. Cette femme au charme agaçant, issue de la haute société, incarnait une revanche sur le destin. Ses traits, son allure, sa voix imprégnaient encore les murs de la mairie. Par la fenêtre, il guettait la Daimler toujours garée près de la fontaine. Il pensa un instant que les Beauséjour repartiraient le soir même, nantis du testament de la Moura. Qu'ils restassent à la Manuella le tracassait. Quand il les avait accompagnés jusqu'à la propriété, il avait compris qu'il devenait inopportun. Après un tel bouleversement, ils éprouvaient le besoin de réfléchir, seuls tous les deux. Grandi avait vainement tenté d'engager une discussion, de leur proposer son aide, mais Ariane, énigmatique, s'était réfugiée dans le mutisme. Il revint au village, penaud, ignorant leurs intentions futures.

Le maire avait, tant bien que mal, réussi à refréner sa curiosité, à ne pas décacheter la deuxième lettre pour respecter les dernières volontés de la Moura. Il se demandait néanmoins ce qu'elle avait annoncé à son héritière. Aurait-il dû outrepasser ses prérogatives pour protéger ses administrés ? Et la troisième missive, celle adressée à Thérésius, que contenait-elle ? Le mystère s'épaississait. « Mon dieu, quelle galère ! Que m'est-il tombé sur la tête ? ».

A Saint-Cabraire, on ne parlait plus que du couple Beauséjour, et surtout d'Ariane. Les jeunes gens au sang vif ne tarissaient pas d'éloges à son sujet. Les « paysannas » passaient des heures à l'auberge ou devant la fontaine des Mules, épiant l'arrivée d'une automobile. Les vieux rigolaient en douce. Félix se rendit chez le barbier, se parfuma à l'eau de lavande et exhiba une distinction toute particulière en affichant la Légion d'honneur au revers de sa veste.

Pour les matrones, Ariane représentait la peste, la honte, la fille de la Moura ! Que leurs maris ne parlent plus que de cette créature diabolique, elles le supportaient difficilement. Les disputes conjugales envenimaient les foyers. Quant aux grenouilles de bénitier, la Rougeaude en tête, elles se réjouissaient d'une telle gabegie et ne manquaient jamais d'ajouter délicatement de l'huile sur le feu et de se délecter.

Ariane et Gabriel séjournaient dans un délicieux hôtel à l'entrée de Grasse, sur la route de Châteauneuf. Ils ne parvenaient pas à se décider sur la suite à donner à cette aventure insensée. Gabriel percevait chez son épouse des velléités de revanche. Il sentait qu'elle désirait réhabiliter l'honneur de sa pauvre mère, même si les circonstances avaient poussé la Moura à accomplir des forfaits abominables. « La fatalité l'a conduite aux pires extrémités. Son instinct de survie a prévalu sur tout ! »

Si Gabriel émettait des réserves, elle s'efforçait de le convaincre avec passion. Il devinait qu'elle mûrissait un plan implacable. Point par point, elle analysait l'ensemble des données et passerait à l'action lorsque la situation jouerait en sa faveur. Tant pis pour le résultat. Gabriel reconnaissait bien là le caractère parfois impitoyable de son épouse.

Elle exigea d'abord qu'une tombe avec une chapelle en marbre de Carrare, rose, soit érigée pour le repos des dépouilles de la Moura et de Mastègue.

« Quel toupet !

— Quelle honte !

— Bafouer ainsi l'esprit de nos morts !

— Elle se prend pour qui, la Bourgeoise ? »

Personne n'en revenait. C'était comme si cette tentatrice lançait un défi aux bigotes et aux veuves éplorées sur leur propre terrain. Ariane souhaita aussi qu'une messe funéraire digne de ce nom fût prononcée. Le curé remâcha quelques vieilles inimitiés, mais devant la bourse proposée par Gabriel, il n'hésita plus. Ce jour-là, l'église, décorée de magnifiques gerbes de roses écarlates, était bondée. Un vrai miracle ! Le prêtre n'en croyait pas ses yeux. Les curieux et les hommes de tout âge, venus admirer la divine Ariane, emplissaient les travées. Quelques discrètes ombres, espionnes de leurs époux, se dissimulaient derrière les piliers. La Rougeaude refusa catégoriquement de prêter son concours à l'harmonium. Alors, sans faire de manières, Gabriel remplaça l'acariâtre. Son interprétation éblouissante des morceaux sacrés laissa pantois le prélat et les fidèles.

« Qu'est-ce qu'elle manigance ?

— Avec ses airs supérieurs…

— C'est bien la fille de la Moura, tiens !

— Elle est encore pire que sa satanée mère ! »

Les quolibets allaient bon train et des lettres anonymes s'accumulaient sur le bureau du maire. Grandi laissa passer l'orage. Le temps finirait bien par apaiser ces têtes chaudes… Et puis, il en avait vu d'autres !

14

La visite impromptue d'Ariane surprit Grandi. Il reçut le couple Beauséjour avec courtoisie, s'excusant de l'inconfort de son bureau. Ariane s'installa dans le fauteuil et recouvrit les accoudoirs de sa robe noire à ramages blancs. Indéniablement, c'était une inspiratrice, une muse dont les courtisans pourraient vendre leur âme aux enfers. Son parfum épicé imprégna la pièce.

Gabriel portait un costume de flanelle léger et arborait un élégant chapeau de paille. Il ressemblait à un aristocrate égaré dans la campagne. Son habillement contrastait vivement avec le pantalon de toile, les souliers crottés et les cheveux ébouriffés de Grandi. Subjugué par l'élégance de ce couple mûr et assuré, ce dernier n'en essaya pas moins de deviner leurs desseins. Mais aucun d'eux ne se livrait véritablement. Ils avançaient leurs propos avec une extrême prudence, se donnant un instant de réflexion avant chaque réponse. Leur visée semblait méticuleusement calculée. Ils agissaient de concert. Gabriel ne s'opposait jamais à son épouse et Ariane agréait naturellement les dires de son mari.

— Monsieur le maire, pouvons-nous nous permettre de solliciter votre secours ? Depuis notre arrivée, nous avons eu à résoudre certains devoirs assez pénibles et nous n'avons pas pu, comme la bienséance l'exige, faire plus ample connaissance et vous informer de nos projets.

Ariane parlait d'une voix calme et posée. Esquivant les faux-fuyants, elle savait créer une intimité cordiale si la nécessité l'exigeait. « Redoutable ! Elle est redoutable... constata le maire. Cela m'étonnerait qu'on puisse la berner, celle-ci ! »

— Je souhaite que la Manuella soit restaurée, proclama Ariane. Pour cela, j'aurai besoin d'une équipe de maçons qui travaille parfaitement, avec goût, et surtout rapidement.

— Madame, je suis à votre entière disposition.

Il évoqua aussitôt Alberto et Giovanni.

— Madame, ces Italiens, des cousins, sont des forçats du travail. Ils manient autant la chaux que le plâtre, la menuiserie et la pierre, avec la finesse d'orfèvres. Je leur ai moi-même confié des travaux de maçonnerie pour la réparation de mon toit et l'achèvement d'une borie, et j'en suis fort content.

Ariane sembla satisfaite de la proposition enthousiaste de Grandi.

— Ensuite, reprit-elle, je souhaite que les terrains soient débroussaillés, labourés ; les arbres, taillés. Je désire aussi que l'on agence un jardin, bordant la maison, avec une herbe rase et des fleurs... surtout des rosiers ! Et qu'une haie cache la demeure aux curieux.

— N'importe quel paysan d'ici pourra s'y atteler. Ce n'est pas la main-d'œuvre qui manque !

— Voilà qui me semble parfait. J'aspire à ce que l'ouvrage débute au plus vite. Hélas, le quotidien, l'administration des entreprises de Gabriel, nos parents qui souhaitent nous revoir et quelques problèmes urgents nous obligent à regagner Nice mais, je l'espère, pas pour longtemps...

— Avec votre assentiment, je contrôlerai en personne les ouvriers et vous informerai de l'avancée du chantier.

— Une dernière chose, monsieur le maire, sans trop vous importuner...

— Dites, madame, dites !

— Je voudrais en priorité que l'on comble le puits !

— Le puits ! s'exclama Grandi. Mais un point d'eau ou une citerne sont indispensables !

— Lorsque nous reviendrons à la Manuella, je ne veux même plus en avoir le souvenir !

— Je vous comprends, madame.

— Le passé sera ainsi définitivement enseveli. J'espère que ma mère, de là-haut, apercevra enfin un bout de paradis.

Elle prononça ces paroles avec pudeur et retenue. Grandi devina une légère résignation dans sa voix. La fille acceptera-t-elle le malheur de la Moura ? Supportera-t-elle les ragots, les regards lourds de sous-entendus lorsqu'elle se promènera dans le village ?

— Vous avez entièrement raison de remettre en état la Manuella. Quelle valeur ajoutée pour une vente !

— Jamais nous ne nous séparerons de la Manuella, monsieur ! Que ceux qui ont des vues sur cette propriété se le tiennent pour dit !

Cette sèche réplique d'Ariane abasourdit le maire. Muet, il s'empourpra de honte.

— Comptez-vous résider à Saint-Cabraire ?

— Peut-être ou peut-être pas... Pour l'instant, je ne peux m'avancer... Ce village est merveilleux et nous sommes très sensibles à son bien-être !

Ariane maniait le chaud et le froid. Qu'allait devenir la Manuella ? Que savait-elle du puits ? Pourquoi l'obstruer ? Le maire ne savait plus où donner de la tête, ni que répondre. L'anxiété le tenailla lorsqu'il songea à Thérésius et au mur. L'infranchissable frontière pouvait départager encore longtemps le Val des Costes...

Edouard ne vit aucun inconvénient à se défaire de ses ouvriers pour l'été. Giovanni et Alberto, heureux d'une telle aubaine, ne se firent pas prier. Rentrer au pays les ennuyait car le travail se faisait rare et la pauvreté étendait son fléau sur les montagnards transalpins. Rester à Saint-Cabraire les rendait fous de joie. Ils pourraient donc enchaîner sur la saison des olives sans retourner chez eux. Une année de besogne pleine, de quoi se réjouir et entrevoir l'avenir sereinement !

— Avec nos économies, si jamais on trouve une ruine ou un cabanon avec de mauvaises ribes... confia Alberto à son compagnon.

— J'y pense depuis que j'ai mis les pieds dans ce pays, lui répondit Giovanni.

— On pourrait faire venir la famille !

— Et les oncles de Nice !

Le cœur léger et plein d'espoirs, ils en appelèrent à des connaissances, des Piémontais réfugiés à Nice : un compagnon charpentier et un couvreur ainsi qu'un Toscan, stucateur et plâtrier dur aux besognes de force.

Grandi avait confié le nettoyage des terrains à Pépin. Comme il avait besoin de trois autres paysans pour cette tâche de confiance, il fit crier une annonce par le garde-champêtre. Jamais autant de volontaires ne se pressèrent à la mairie. Avides d'une curiosité malsaine, la plupart des hommes du village voulaient œuvrer à la Manuella et se bousculaient pour s'inscrire sur la liste des prétendants. Ils désiraient tous pénétrer dans cet enclos qu'ils avaient contourné durant tant d'années. Il est vrai qu'ils vibraient également de l'espoir d'entrevoir Ariane. Le maire dut user de son autorité pour écarter les badauds qui retardaient le cours des travaux.

Le puits, selon le vœu de l'héritière, fut remblayé, cimenté et recouvert d'une épaisse couche de terre. Ainsi, le gouffre se refermait-il sur le silence et l'oubli, cachant dans ses entrailles le sacrifice, les larmes et les blessures. Des oliviers gigantesques débordant de robustesse se réveillaient, prêts à repartir si on s'occupait d'eux. Leurs racines se faufilaient malicieusement entre les planches et la pierraille, recherchant l'oxygène, l'eau, la nourriture, et forçaient leur destin en arbustes tendus et épars, qu'il fallait à tout prix greffer. La Manuella sortait lentement de son profond abandon. Vergers, terrasses, châtaigniers, tonnelles, allées, murets en pierres sèches, un plateau en contrebas bordant la falaise dessinèrent bientôt les contours gracieux et les reliefs d'une propriété honorable.

En cette saison déclinante, la future récolte préoccupait Thérésius. Il passait le plus clair de son temps dans son oliveraie. Il écoutait le glissement de la terre brûlante, le bruissement léger des feuillages, le bourdonnement des abeilles dans les lavandes, le frôlement des lézards dans les herbes sèches et divaguait dans de reposantes méditations. Son havre de paix lui offrait un repos précaire, suspendu entre sa terre et les hautes cimes bourgeonnantes. Il flottait dans l'oubli, bercé par une brise tiède et légère. Les grandes émotions, les colères, les sentiments d'animosité s'enfuyaient au vent. Il acceptait son sort. « Vous au moins, mes braves compagnons, vous ne me tromperez pas ! » déclarait-il à ses oliviers.

Lorsque la lune perçait discrètement le ciel, il rentrait à la bastide, reposé et guilleret. Mais la nuit le confrontait encore à cette image de Noël, cette scène où la Moura le fixait, et au bruit du portrait de son père se fracassant sur le carrelage. Il parvenait tant bien que mal à se contenir et à cacher ses frayeurs à Adèle.

Des grappes florales de juillet étaient nés des fruits pas plus gros que des grains de blé. Ils grossirent et le noyau commença à durcir. Thérésius contrôlait la croissance et la fermeté en enfonçant l'ongle du pouce dans la chair verte. Il vérifiait également que des coques noires ne cloquent pas les rameaux. Ensuite, il devait couper au pied les rejets, ou « gitelles », et aérer le sol par un léger sarclage. Autant d'opérations nécessaires pour une parfaite cuvée. Parfois, en fumant sa pipe, Thérésius s'approchait du mur — jamais trop près — et regardait d'un œil distrait Alberto et Giovanni s'affairer à la tâche. Œuvrant jour et nuit à la lueur des torches et des lampes à huile, ils lui lançaient le bonjour. Sur les conseils de Grandi, il avait pris le parti d'attendre, de ne pas s'emporter quoi qu'il arrive. Comme son ami, il se demandait ce qu'il allait advenir de la Manuella une fois qu'elle serait entièrement rénovée. Thérésius prenait son mal en patience.

Adèle avait réussi à force de patience à apaiser les tensions entre Edouard et son mari. Le père avait fini par envisager Rose comme sa future bru.

« Elle est agréable, douce, intelligente... Exactement ce qu'il faut à Edouard ! Au village, il n'en trouvera pas deux comme elle ! lui serinait Adèle.

— Si tu le dis...

— Tu verras... On n'a pas le droit de contrarier le bonheur de notre fils, Thérésius ! Surtout qu'on n'en a qu'un !

— Rose, je l'admets. Mais c'est Audibert qui me tracasse ! Qu'est-ce qu'on a en commun avec ce fainéant, ce saltimbanque, ce dépendeur de figues !

— Ecoute, il a aussi ses qualités... De toute façon, un de ces quatre matins, il partira pour Nice. D'ailleurs, la grande crainte d'Edouard, c'est qu'il emmène sa fille avec lui.

— Quand bien même ! Tu connais ton fils : il serait capable d'enlever Rose. Celui-là, quand il a quelque chose dans la tête !

— Et tu crois qu'il tient de qui ? »

Thérésius et Grandi obtinrent un début de réponse à leurs questionnements lorsque arriva, mi-août, un premier chargement destiné à la Manuella. Comme les restaurations étaient loin d'être achevées, on entreposa les meubles au rez-de-chaussée. Ariane et Gabriel se manifestaient par courrier au maire, indiquant quels arrangements ils préconisaient. Grandi commençait à s'accommoder de la perspective d'une installation des Beauséjour au sein de sa commune.

« Il faudra se plier au bon sens, disait-il, philosophe, à Thérésius.

— Ça n'arrange pas nos affaires !

— J'espère qu'ils seront réceptifs aux doléances des propriétaires des versants de la Siagne. Après tout, un passage, ce n'est pas la fin du monde ! Envisager une trouée pour les charrettes dans ce mur ne me semble pas impossible !

— Tu n'as peut-être pas tort. En plus, ils ne pourront pas laisser leurs oliviers en ornementation. Ils auront besoin d'aide, de cueilleurs, du moulin...

— Et ils solliciteront Edouard !

— Dans ce cas, rien n'est perdu ! »

Et le grand chambardement se produisit à la fin du mois de septembre. Ariane et Gabriel, suivis par un camion, arrivèrent à Saint-Cabraire. Le couple accompagné de Josépha, la bonne, une Savoyarde à la mine pincée, fluette, blanche comme un navet mais avec des formes intéressantes, s'établit à la Manuella. Enchantés par le travail d'Alberto et de Giovanni, les Beauséjour les embauchèrent sur-le-champ. L'un devint ainsi gardien, l'autre, jardinier. Les deux cousins remercièrent, un après-midi durant, la Vierge Marie pour leur avoir offert de telles places.

— Ils m'ont pris mes ouvriers !

— C'est toi qui les as lâchés, bougonna Thérésius.

Edouard hurlait. Revenu soudain à la réalité, dégrisé du parfum de Rose, il tournait dans le salon comme une bête féroce.

— Tu comprends, ce sont mes ouvriers !

— Au lieu de batifoler comme un papillon de nuit, si tu t'étais intéressé de plus près à nos affaires, tu aurais vu le vent tourner !

— Ne mêle pas Rose à nos histoires !

— Comme tu voudras !

Thérésius ne se départissait pas de ce calme qui, chez lui, annonçait la tempête. Dans son fauteuil, il fumait tranquillement, Garibaldi allongé à ses pieds, dans le courant d'air, le museau sur les pattes.

— Mais de quoi ils se mêlent ?

— Ils savent ce qui est bon pour eux sans prendre en compte les problèmes de leurs voisins ! C'est aussi simple que cela, Edouard !

— Attendez, si ce qu'ils ont proposé à Alberto et Giovanni leur convient mieux, pourquoi les cousins se gêneraient ? lança Adèle de la cuisine.

— J'espère que tu ne prends quand même pas parti pour ces étrangers ! s'écria Edouard, furieux.

— Je constate...

— Je te rappelle que c'est grâce à papa qu'ils ont pu venir ici ! Depuis des années, il les a nourris, logés, et je ne te parle pas des appointements... Ça va être vite réglé ! Je vais aller mettre de l'ordre là-bas ! Ces prétentieux vont voir de quel bois je me chauffe !

— Tu n'iras pas sans moi ! Crois-tu que je vais rester les bras croisés et regarder monsieur et madame Beauséjour nous piller ?

Thérésius se leva et saisit son fils par le col.

— Je t'interdis de t'approcher seul et sans mon autorisation de la Manuella ! Tiens-toi-le pour dit !

15

La Manuella prenait l'aspect d'un nid douillet et coquet, d'une véritable villégiature pour aristocrates en mal de campagne. Giovanni et Alberto avaient rasé l'étable et construit à la place un appentis qui glissait en une seule toiture sur de larges embrasures donnant à l'est, ménageant ainsi une vue superbe vers la baie des Anges.

Ariane et Gabriel occupèrent les lieux avant la fin des travaux. Ils se contentèrent dès lors des pièces du premier étage. Le médiocre couloir fut agencé en un vestibule rehaussé à la chaux, les escaliers garnis de boiseries plaquées et de glaces fumées. Ariane exigea que les murs des chambres soient tendus de tissus bariolés, comme la dernière mode l'exigeait. Rien ne semblait trop beau pour la résidence des Beauséjour ! Rien ne semblait trop parfait pour honorer la mémoire de la Moura !

« Elle serait heureuse ici, dans ce doux paradis... » confiait Ariane à son mari.

Déjà, les architectes et décorateurs dressaient de nouveaux plans en vue d'améliorations encore plus extravagantes. Des mascarons de stucs représenteraient des chérubins et des frises folles orneraient les façades. Des encadrements en trompe-l'œil souligneraient les fenêtres. Une véranda en verre protégerait une terrasse à balustre, abritée, carrelée de dalles ocre. Ariane souhaitait que toutes les cloisons du rez-de-chaussée soient abattues pour former une vaste pièce qui donnerait par une large verrière sur le parc.

— Ce sera la salle de séjour. Un salon assez grand pour nous deux et quelques proches. Car je compte juste recevoir les intimes. Nous tapisserons la pièce et les motifs seront rehaussés à la gouache. Ici, je veux de la lumière, que de la lumière...

— Nous y aménagerons une bibliothèque, un cabinet de travail près de la cheminée avec de bons fauteuils et un large tapis pour les longues veillées d'hiver, précisa Gabriel, enchanté.

— Où s'étendront deux magnifiques lévriers !

— Doux Jésus ! s'exclama Gabriel.

— Sur cette commode, je mettrai le phonographe. Ainsi, à la belle saison, minaudant sur la balancelle en rêvant aux étoiles, nous pourrons écouter nos airs préférés !

Ariane esquissa un pas de danse sous le regard admiratif des Italiens.

— La *musica* ? s'étonna Alberto.

— Verdi, Toscanini, Monteverdi, Vivaldi ! s'exclama Ariane.

— *Tosca, la Bohème*... renchérit Giovanni.

— Vos merveilleux compatriotes ! s'enthousiasma-t-elle.

Ariane regorgeait de desseins ambitieux. Au sud, une succession de planches dégradées permettrait le dessin d'un jardin original qui aboutirait par degrés à une fontaine, coulant dans une mare aux contours capricieux. Des rochers alvéolés serviraient d'abri à une myriade de têtards et de grenouilles. Des vasques souligneraient une allée qui serpenterait entre les massifs.

Les Italiens s'attaquèrent à la clôture opposée au Val des Costes. A l'intérieur d'un muret en pierres sèches fut plantée une longue haie de cyprès, aboutissant à un portail en fer forgé, aux tracés galbés, portant le monogramme *MOU* en lettres entrelacées sur le premier battant, et *RA* sur le second.

« Ils ne font pas les choses à moitié ! » raconta Thérésius à son épouse.

Thérésius regardait d'un œil ses olives mûrir et de l'autre, ses voisins. Adèle usa de finesse et de patience afin de dissiper la brouille survenue entre le père et le fils. Finalement, Edouard céda à ses arguments et un semblant de trêve naquit entre eux.

« Le temps jouera en notre faveur, j'en suis sûr. Grandi est aussi de mon avis ! Suis mes conseils : les brutaliser ne servirait qu'à envenimer la situation et à s'empêtrer de nouveau dans un imbroglio insoluble, dont on ne verra jamais la fin.

— Quand on est riche, on peut tout se permettre, y compris soudoyer mes ouvriers ! Je ne suis pas près d'oublier ce camouflet ! Je leur rendrai la monnaie de leur pièce, à ces fanfarons ! »

La rancœur d'Edouard avait atteint son paroxysme. Il hésita plus d'une fois à sortir son fusil du râtelier et se précipiter à la Manuella. Il fallut toute l'autorité de son père et la persuasion d'Adèle pour qu'il ne commette pas un irréparable méfait. Il se sentait bafoué dans son honneur.

« Dire que nous leur avons appris le métier !

— Tu en trouveras d'autres, lui répétait Thérésius. En attendant, Rémi et Paul pourront très bien les remplacer ! Ils ont des bras pour quatre !

— Peut-être, mais en former pour la prochaine saison, c'est une autre paire de manches !

— Tu vois, glissa discrètement Thérésius à Adèle, c'est bien mon fils ! En ce moment, il ne furète plus avec Rose ! Ce qui l'intéresse, c'est son moulin et mes oliviers ! »

Les piquetages tracés sur les plans cadastraux et reportés par le géomètre démontraient que la Manuella s'étendait bien au-delà des limites prévues. Des paysans de Saint-Cabraire s'étaient approprié des bouts de parcelles, avaient rogné de modestes arpents ou repoussé les démarcations de quelques mètres. Le domaine glissait nettement à gauche de la falaise vers les rives de la Siagne, coupait l'ancien chemin communal et remontait ensuite vers d'autres campagnes appartenant aux Passeron. Sur le flanc opposé, le fameux mur se dressait, infranchissable, barrant l'oliveraie, empêchant un quelconque accès et se terminant à l'abrupt du précipice.

— Quelle drôle d'idée ! réfléchit Gabriel.

— La vengeance de la Moura, lui répondit sobrement Ariane...

— Que doit-on en faire ? Apercevoir tous les matins ce dard planté comme une croix me donne le cafard ! Il coupe littéralement la vallée en deux parties !

— Ne nous pressons pas, lui chuchota Ariane. Nous en discuterons avec le maire lorsque notre voisin se manifestera... Cela ne saurait tarder !

— Ce mur, il en a fait des dégâts, rumina Alberto.

— Et gâché des vies, continua son ami.

— Je veux bien le croire, souffla Gabriel.

Une langue de broussailles achevait le bornage : c'était l'ultime limite de la Manuella. Trois cyprès se serraient contre un oratoire. Après une futaie de peupliers, une clairière cernée par un bosquet de châtaigniers et de chênes verts dissimulait une série de cabanons en demi-cercle, une remise à outils et une grange en piteux état.

— Un camp de bouscatiers ! s'écria Giovanni. La terre peut trembler : ces baraques resteront toujours droites.

— Si vous vous sentez le courage de remonter ce tas de décombres et de le rendre habitable, alors il est à vous ! proclama joyeusement Ariane.

Alberto et Giovanni tombèrent à genoux de stupéfaction. Décidément, leurs patrons fréquentaient saint Pierre ou la Madone et ils étaient meilleurs que tous les saints !

— Et si ce refuge vous semble assez grand et confortable, vous pourrez bientôt accueillir votre famille. Je vous donnerai les meubles qui embarrassent la Manuella ! renchérit Ariane.

Les allées et venues entre Nice et Saint-Cabraire étaient fréquentes. A l'aube, la Daimler partait pour un ou deux jours, parfois une semaine, mais jamais plus. Les Beauséjour partageaient à présent leur existence entre une vie mondaine, citadine, et ce refuge de quiétude où ils se ressourçaient.

Les Sauvigny observaient d'un air amusé cette nouvelle lubie. Josépha assurait l'intendance de la demeure lors de leurs absences, Alberto et Giovanni, l'entretien et la finition de la maçonnerie. On besognait dur afin d'achever les parements, la décoration des pièces et l'agencement du mobilier avant les pluies d'automne.

Les ouvriers se restauraient et logeaient à l'auberge des Mules. Josépha passait régler le samedi matin, jour de marché. Le patron était d'ailleurs devenu ainsi un ardent défenseur des nouveaux propriétaires de la Manuella. Les verres succédaient aux verres, les tournées aux tournées, les conversations roulaient invariablement sur ce couple détonnant et la reconstruction à grands frais de la demeure.

— Ils nous font un château ! crachèrent déjà certains, empreints de jalousie, qui, cachés dans des cabanes de chasseur, espionnaient les faits et gestes des occupants de la Manuella.

— Vous n'avez pas honte ! leur lança le patron de l'auberge. Si on vous lorgnait toute la sainte journée, vous seriez contents !

— On passait juste par hasard…

— Vous êtes pires que des fouines avec un nez truffier ! La curiosité dévore vos tronches de morue dessalée ! La chasse est fermée, vos campagnes sont au nord et, comme par hasard, vous rôdez dans le coin, la fleur au canon ! leur rétorqua le tavernier.

— Tu vas tout de même pas nous interdire de descendre à la Siagne !

— Il se prend pour qui, l'aubergiste ? lança un petit malin.

Le tenancier frappa du poing sur l'étagère. Bouteilles et gobelets s'entrechoquèrent. Il extirpa ses cent vingt kilos de derrière le comptoir et jeta son tablier sur une chaise.

Les poltrons reculèrent en grappe jusqu'à la porte.

— T'énerve pas...

— On disait ça pour parler...

— Dehors ! hurla le tenancier

Attablés sur la terrasse du mas, le maire et son ami discutaient depuis des heures. Grandi lui livrait ses préoccupations. Adèle écoutait. Edouard, silencieux, ruminait ses contrariétés.

— Que veux-tu que je te dise ? lâcha Thérésius.

— Impuissant... Je ne sais pas par quel bout les prendre et pas plus ce qu'ils comptent faire !

— On n'est pas du même monde, glissa Adèle.

— Moi, ce qui me préoccupe, c'est ce que va devenir la Manuella...

— C'est leur domaine ! esquissa Thérésius avec une moue qui en disait long.

— Si Ariane n'était pas la fille de la Moura, t'inquiéterais-tu de la sorte ? demanda Adèle à Grandi avec une certaine impertinence.

— Certes, non !

— Alors, qu'est-ce qui vous gêne ? Vous ressemblez à des poules devant une luciole !

— Oui, mais...

— Je sais ce que vous manigancez, tous les deux : obtenir l'ouverture d'un passage pour vos charrettes !

Thérésius fronça les sourcils. Grandi regarda Adèle avec un air de chien battu. Edouard se détourna de la table.

— Qu'est-ce que vous avez tous à me dévisager de la sorte ? vociféra le fils. Si vous n'allez pas lui rendre visite, lui expliquer le problème, comment voulez-vous trouver une solution ?

— Ce n'est pas si facile, balbutia Grandi.

— Vous êtes des hommes ou des femmelettes ? Avec la Moura, vous vous êtes entretués pendant des années, et maintenant vous allez recommencer ! Une fois, ça ne vous a pas suffi ? répliqua Adèle

— Moi, je peux régler la situation ! Ça sera plus utile que vos jérémiades !

Edouard s'exprima avec tant de dureté et de détachement que le trio en resta coi.

— A ta place, je m'occuperais plutôt de Rose, avant qu'elle passe la bassinoire dans les draps d'un nouveau soupirant ! Une fille comme ça demande des attentions ! gronda Thérésius, qui n'était plus à une contradiction près.

Edouard laissa échapper un soupir de lassitude.

— Je m'en vais faire un tour, j'ai vraiment besoin de respirer…

— Quand même, rouspéta Adèle, et le dîner ?

— Il est jeune, ça lui passera, marmonna Alphonse Grandi. Tout ça, c'est de ma faute ! C'est moi qui lui ai demandé Giovanni et Alberto !

Le fils disparut dans l'allée. Ils entendirent le portail claquer. Edouard se laissa emporter dans la venelle Vieille et se dirigea machinalement vers le pont surplombant la Siagne. Il lui semblait que le village était mort, que les maisons étaient aveugles. Aucune lumière ne filtrait par les interstices des volets. Seuls des chats errants dérangés dans leurs amours rugissaient de miaulements féroces. Il marchait droit devant lui. Il pensa aux Italiens et serra les poings dans ses poches. La crainte d'être dépouillé devenait obsessionnelle. Il ne se reconnaissait plus. Son goût pour la nature, ses sentiments envers Rose, son statut de moulinier étaient battus en brèche. Naissait un autre Edouard, inconnu celui-ci, plus aigri, n'acceptant pas les leçons de la vie, surtout si elles étaient dominées par l'injustice. Quand il arriva au Val des Costes, le crépuscule virait au noir et effaçait les reliefs. On ne distinguait plus les contreforts de Callian. Pour quelles raisons se trouvait-il ici ? Il ne le savait pas, ou plutôt feignait de l'ignorer.

Le silence de l'oliveraie répondait au gigantisme des arbres. Leur force l'apaisa. Il retrouvait cet univers qui l'avait bercé et nourri. Il refusa de se laisser emporter par la mélancolie, qui le déviait de ses ressentiments. Sa poitrine se serra. C'était comme si on l'étranglait. Il voulait avancer vers la muraille, percer la densité de cette démarcation factice... Il attendit que la nuit s'avance. Il ne percevait que sa respiration ; un souffle court, précipité. Lentement, il reprit son calme et se désaltéra à la source. Il s'allongea sur un tapis d'herbe tendre. Au clair de lune, les branches se tordaient dans des dessins bizarres et inquiétants. Au fond de l'infini, les étoiles tremblotaient. La terre chaude et craquante absorbait son corps, creusait sous ses reins un nid moelleux, aspirait ses tracas et ses misères. Le roulement continuel de la Siagne le berçait. Il résistait au sommeil ! Ce sommeil de plomb qui l'entraînerait dans un repos forcé. Dormir pour oublier...

Rose lui apparut dans un rêve, pâle et légère, le regard perdu. Un doux émoi l'envahit secrètement. Elle s'avançait vers lui, les bras ouverts, prononçant d'inaudibles paroles. Il se secoua, se débattant contre cette délicieuse torpeur. « Je perds la boule... » Il flottait dans une vaste étendue, balancé entre la raison et ses propres impulsions qu'il n'arrivait pas à refouler.

Tout à coup, son cœur se mit à battre plus vite. Des voix, des murmures discrets, des chuchotements de l'autre côté du mur ! Des frémissements que seule la nuit peut révéler. Lentement il se dressa, les sens aux aguets. Il se rapprocha le plus près possible de la diabolique frontière. Chaque brindille sèche qu'il écrasait le faisait sursauter. Parfois, il marquait un arrêt prolongé derrière un tronc avant de reprendre son avancée. Il se tapit contre la muraille, remarqua que certaines pierres étaient branlantes et se détachaient aisément, comme si l'on avait voulu creuser un orifice pour un bras ou une main.

C'était curieux, mais Edouard n'avait pas le temps de s'en préoccuper. Il prenait déjà en enfilade une partie du jardin, trois platanes parfaitement élagués et le perron de la Manuella. Confortablement installés dans un salon de jardin en rotin, les propriétaires dégustaient un café dont le fumet caractéristique envoûta les narines d'Edouard ; ce café que l'on servait dans de minuscules tasses, qu'il avait dégusté à Grasse, au restaurant Roustan de la place aux Aires.

Il scruta le ciel. La noirceur se fondait dans un gris laiteux. Ankylosé, il changea de position sans lâcher ses proies. Soudain, il se contracta. On bougeait. La femme se leva. Une splendeur dans la lueur des lampes à pétrole. Une merveille dans les rayons de lune. Un grand choc foudroya Edouard. Un cigare au bout des lèvres, elle s'avançait vers lui, en pointant du doigt sa planque. Edouard s'aplatit. Ses artères battaient à tout rompre. Il essayait de capter des bribes de discussion, mais la brise légère emportait les paroles vers la vallée.

« Mon Dieu, quelle bergère ! » Il ne pouvait se détacher de cette ombre. Il lui sembla qu'elle avait deviné sa présence. Elle se planta au milieu de l'allée, huma la douceur de l'atmosphère et revint à sa place pour se resservir une tasse de café. L'homme ne bougea pas de son fauteuil. Edouard devina ses jambes croisées et ses pieds nus. Elle embrassa son compagnon avant de s'asseoir à ses côtés. Un instant plus tard, ils quittèrent la terrasse pour l'intérieur de la demeure. La Manuella sombra dans la nuit.

— Si tu veux, on peut te la présenter !

Ces paroles le glacèrent d'effroi. Une sueur âcre coula le long de sa nuque. Juchés sur le mur, Giovanni et Alberto le dominaient. Il ne les avait absolument pas entendus venir. Ils sautèrent pour le rejoindre. Edouard fit volte-face et saisit dans sa poche son couteau à lame recourbée.

— Les traîtres ! grinça-t-il entre ses dents. Regarde-moi ces vendus ! Paul et Rémi avaient bien raison de se méfier des Ritals !

Ils demeurèrent face à face, figés dans l'instant, sur leurs gardes, parés à l'assaut.

16

Les pupilles d'Edouard, injectées de feu, perçaient la semi-obscurité et criblaient les silhouettes d'Alberto et de Giovanni. Le manche de son arme glissait dans ses paumes moites. Une boule roulait dans sa gorge, qui gonflait douloureusement. Les mâchoires crispées à se rompre, il avait peur, extraordinairement peur : de lui, d'eux, de ses réactions, mais il s'efforçait de ne rien laisser paraître. Durant de terribles minutes, il repoussa les conséquences de ses actes, il écarta toute lucidité. La désillusion ne lui laissait qu'une rancune vive. Le battement de ses artères cadençait une attente infernale.

Déjà les premières lueurs de l'aube effleuraient la falaise et prenaient l'apparence d'un couperet effilé. Les bruits de la campagne qui s'éveillait parvenaient à lui. Les montagnes se déshabillaient graduellement de leurs brouillards, dardant leurs rochers échevelés, blêmes et trempés. L'ubac pudiquement se dévoilait.

— Avance, si tu as du courage ! lui lança Giovanni, la chemise ouverte, présentant son torse à la lame.

Il ôta sa veste et la donna à Alberto.

— Si tu crois m'impressionner !

— Allez, viens, viens… insista Giovanni.

Edouard fit semblant de lancer son bras en avant. Giovanni ne bougea pas. Alberto recula ; il ne reconnaissait pas son cousin. Il pria pour qu'aucun des deux ne fasse un geste de plus, pour que la provocation ne dégénère pas en une lutte sanglante.

— Tu as peur ? Allez, si tu es un homme…

Avec son index, il lui montra la place du cœur.

— Juste là… Je ne m'esquiverai pas, je te le promets !

— La ferme ! hurla Edouard.

— Percer un trou dans le bide d'un ami, ce n'est pas si facile que ça hein ?

— Tais-toi !

— Arrêtez ! implora Alberto. Ce n'est pas un jeu !

— Tu verras que la couleur de mon sang est la même que la tienne !

— Qu'est-ce que ça peut me faire ?

— Vous êtes devenus cinglés ! cria Alberto en s'interposant entre les protagonistes.

Giovanni écarta violemment son cousin.

— Ne crains rien, il n'osera pas ! Il n'a jamais vu la tripaille jaillir d'un ventre ouvert en deux comme celui d'un bestiau à l'abattoir ! Il ne sait rien de celui qui crève la gueule ouverte, cherchant une ultime respiration, de cette odeur de choléra qui imprègne les vêtements, qui te fait dégueuler ! Non, il ne le sait pas ! Il ne connaît pas la mort qui remplace la vie par des vers et des mouches ! La trouille et le diable se dandinent autour de sa cervelle. Pointer un ennemi demande de l'assurance, et je ne suis pas son ennemi ! Alors, c'est impossible ! Il voudrait, mais ne peut pas ! L'effroi le paralyse et, quand on veut tuer, on ne pense à rien, on ne réfléchit pas...

Le calme de Giovanni désarçonna Alberto. Sur ses traits n'était gravée aucune appréhension.

— Tu découdrais ton ami, ton frère ?

Edouard suffoquait, désarmé par l'attitude de ce « mange-crapaud ». Son sang affluait le long de ses avant-bras, épais, dense, bouillonnant telle une affreuse brûlure lancinante. Il ruminait son avanie et s'efforçait de ne pas foncer sur les galapiats qui le cernaient. Ce n'était pas le courage qui lui manquait, mais une force imprévisible le contraignait à l'immobilité, une injonction muette née de très loin, d'ailleurs peut-être.

— Alors, qu'est-ce que tu attends ? Je n'ai pas de couteau ! Tu ne risques rien !

Fixant toujours Giovanni, il s'adressa à Alberto.

— Il ignore à qui il en veut. Il se méprend sur ses intentions et les raisons qui l'ont poussé ici !

Edouard percevait chez son rival un courage extrême, celui d'un homme de vérité, d'un être farouchement juste et honnête. Giovanni esquissa un mouvement vers lui. Edouard recula. Des pierres acérées lardèrent ses épaules. Ses reins le lancèrent. Sa main tremblait de plus en plus. Les images d'Adèle et de son père lui revinrent, fulgurantes. Sa respiration se fit de plus en plus difficile. Il ferma les yeux. Ses résolutions s'engourdissaient comme un serpent pris dans le froid.

Alberto perçut un flottement contenu dans l'attitude du moulinier et devina son visage douloureux écorchant le silence. Son regard changeait. L'Italien éclata d'un rire saccadé.

— Vous ne trouvez pas qu'on a l'air stupide !

— De sombres crétins, oui ! insista Giovanni.

Edouard restait sur ses gardes, l'estomac tendu comme une peau de tambourin. Il se redressa péniblement.

— On ne va pas s'étriper, quand même ! Nous sommes des gens de cœur, tu le sais bien, Edouard ! Pourquoi se déchirer comme de véritables abrutis ? continua Alberto

— Je n'ai plus confiance en vous ! Vous m'avez floué ! Je vous ai toujours considérés comme des frères et je ne pourrai jamais oublier votre sordide trahison !

— Quelle trahison ?

— Ne faites pas les innocents !

— Si tu as quelque chose à dire, déballe ! On ne va pas tourner cent sept ans autour du pot ! s'écria Alberto.

Edouard replia son couteau et l'enfouit dans sa poche. Il se laissa glisser à terre, dans l'herbe, exténué. Les Italiens en firent de même. Chacun reprenait ses esprits. Ils se partagèrent un bout de toscan et se passèrent le briquet.

Edouard sentit renaître leur naturel. Il n'était pas possible qu'ils l'aient trompé. Il fallait qu'il s'y prenne différemment, qu'il les respecte afin de leur soutirer des informations sur ce qui se tramait à la Manuella

— Elle vous paie donc mieux que moi ?

— C'est donc ça ! répliqua le premier.

— Et tu ne pouvais pas le dire de suite ! ajouta le second.

— Il est vrai que vous n'êtes pas irremplaçables… Je trouverai certainement d'autres mouliniers, mais pour cette année je suis coincé…

— Je ne comprends pas ! s'exclama Alberto en lui coupant la parole.

— Maintenant que vous avez de nouveaux patrons…

— Attends ! cria Giovanni, il est hors de question de te laisser tomber ! Ça n'a jamais été dans nos projets !

— On fait la saison des olives chez toi et, le reste du temps, on travaille pour les Beauséjour ! Je ne vois pas où est le mal ! Cela nous évite les allers et retours au Piémont…

Edouard, un instant circonspect devant ces explications, puis touché et dérouté, se confondit en excuses. Il ne savait pas comment leur demander pardon. Il se sentait minuscule devant sa bêtise.

— Je ne suis qu'un idiot ! J'ai douté de vous !

— On a toujours pensé que tu étais un type formidable et l'on ne changera pas d'avis de sitôt !

Edouard se laissa aller, la nuque appuyée contre une pierre plate. Il se vidait, se sentait mou telle une gourde flasque.

— Pourquoi me parlais-tu ainsi de la mort ? L'as-tu approchée de si près ?

— La guerre…

— La guerre ?

— La Grande… A l'époque, j'étais en France. On m'a enrôlé de force et expédié dans les tranchées.

J'ai combattu pour les Français ! Des fantômes agonisants et raidis par le gel comme des passe-lacets, j'en ai vu des dizaines, des centaines même, étendus comme des feuilles d'automne dans les tranchées de Verdun ou sur le plateau de l'Argonne ! Ils nous servaient souvent de protection. On les empilait au-dessus des tranchées et l'on écoutait le floc des balles dans les cadavres... Turcs, Bulgares, Autrichiens, Allemands réunis pour nous achever à la baïonnette ! La vie et la résurrection... A chacun sa croix ! Moi, je suis revenu vivant des tranchées, mais mes camarades y pourrissent encore !

Giovanni marqua une pause. Son récit l'affectait tant qu'il en perdait le souffle. Il reprit :

— Toutes les nuits que Dieu fait, je revois ces fantômes dansants, les orbites creuses, dans d'atroces cauchemars...

— Pardonne-moi.

— Tu ne pouvais pas savoir.

Ils scellèrent leur amitié par de solides poignées de main, les yeux dans les yeux, se prouvant ainsi une totale loyauté. De part et d'autre, tout soupçon était désormais lavé.

Edouard plongea la tête dans la fontaine pour dissiper la fatigue, effacer son air d'épagneul bouffi. Il s'en voulait amèrement de sa folie, de sa maladresse, de son caractère de bourricot. Ses pulsions avaient sali la noblesse et la rare générosité de ces hommes. Le pardon de Giovanni et d'Alberto ne suffisait pas à atténuer son remords. Il en frémissait encore.

Une brume mouillée enveloppait la fenêtre de la chambre d'Edouard. Un temps d'orage. La Siagne emportait vers la Méditerranée un courant opaque. Le cliquetis de la vaisselle l'avait réveillé très tard et les odeurs du repas agaçaient ses papilles.

Thérésius guignait du coin de l'œil son fils attablé devant un bol de café. Jamais il n'était apparu si tard. Un Passeron ne devient pas paresseux au point de se lever à midi.

Edouard restait silencieux, muré sur lui-même. Résonnaient dans son crâne les discussions de la veille, les incitations à se rendre à la Manuella pour rencontrer Ariane. « Elle saura t'écouter ! C'est une femme d'intelligence... Ensemble, vous trouverez un arrangement ! » Alberto avait prodigué tant d'éloges à son sujet !

Edouard avait été désarmé par leur simple logique : « Thérésius ne s'expliquera jamais avec eux. Il est trop fier ! Si tu souhaites réellement revenir à de meilleurs sentiments, alors vas-y seul ! Si tu veux, on la préviendra avant... » Mais cette rencontre à l'insu et contre l'avis de tous n'était pas une mince affaire. Il lui faudrait également informer son père que les Italiens travailleraient au moulin, sans éveiller ses soupçons...

— J'ai rencontré les Ritals sur la place, hier soir, déclara-t-il tout de go.

— Et puis ? répondit Thérésius d'une voix faussement détachée.

Adèle planta la cuillère dans un poêlon où cloquait la polenta et poussa le faitout sur le côté. Elle s'essuya le visage avec son tablier et se retourna vers son fils, les deux mains sur les hanches.

— Tu peux être fier de toi ! Tu t'es conduit comme un brigand ! Le pauvre Alphonse se sentait coupable et ne savait plus que faire !

— Je m'excuserai...

— La moindre des politesses !

Adèle tourna énergiquement la graine de maïs, l'oreille tendue pour ne rien perdre de la scène.

— Tu as croisé les babis... Ils se portent bien ?

— On s'est expliqués. Cet hiver, ils presseront au moulin, ils me l'ont promis. Ils n'avaient d'ailleurs nullement l'intention de nous quitter !

— Donc, de confidences en confidences, vous vous êtes réconciliés ! lança Thérésius, sarcastique.

— Et alors ?

— Dans l'état où tu étais, je pensais plutôt que tu allais embrocher tout ce qui passait !

— Ben non !

— Voilà qui me réjouit... A la Manuella, comment ça va ?

— Ce qui m'intéresse avant tout, c'est mon moulin !

— Et donc, vous avez causé toute la nuit...

Edouard s'extirpa brusquement de sa chaise.

— Qu'est-ce que tu veux me faire avouer ? A quoi tu joues, à la fin ?

— A rien, mon fils, à rien...

Thérésius bourra sa bouffarde. Puis il siffla Garibaldi et, de son pas lent et balancé, se dirigea vers le jardin.

— Tu ne le ménages pas ! râla Adèle.

Edouard ne se lassait pas de raconter son pays. Intarissable, il surmontait sa gêne par une débauche de paroles ; les appréhensions des premières minutes se dissipaient agréablement. Devant cette éblouissante personne, parler jusqu'à plus soif le rassurait et le mettait en valeur.

— Une terre qui n'appartient qu'à celui qui sait la regarder !

— La comprendre aussi ?

— Et l'aimer ! Ici, c'est le commencement du monde...

Il argumentait ses descriptions par de grandes mimiques. Tout n'était que mirage, entre la vénusté et l'authentique. Les Beauséjour n'en perdaient pas une miette, écoutant leur jeune interlocuteur narrer un décor idyllique. Vêtue d'une simple robe mauve qui dessinait une ligne aux formes affinées, et d'un léger chapeau de paille couvrant ses cheveux en révolte et soulignant ses yeux brillants, Ariane mettait son invité à l'aise par la douceur de sa voix. Elle prenait maintes précautions pour ne point le froisser, ne lui posant volontairement que des questions anodines. Un long détour pour aborder peut-être plus tard quelques points essentiels... Les oliveraies, le moulin, les foires agricoles, la fougue de la Siagne, la remontée des grives en décembre, la neige quand on s'y attend le moins, les collines jaunes de mimosas, et bien d'autres choses encore... Aucun sujet ne fut épargné. La fougue d'Edouard illustrait parfaitement une jeunesse en dehors des malentendus et des soupçons entretenus par les anciens. Il se sentait libre, soulagé, prêt à endosser les années noires de la Moura, désireux de tisser pour toujours des liens limpides et francs.

— Hélas, le village fut entaché par de vilaines rivalités…

— Les gens sont ce qu'ils sont, glissa Ariane.

— Doit-on laisser perdurer les vieux ressentiments ?

— Peut-on pardonner ?

— Chacun agit selon sa conscience.

Le visage d'Ariane s'éclaira. Alberto devina l'intérêt que sa patronne portait au moulinier. Elle essayait de trouver des repères dans son discours, des points qui récuseraient la diatribe prononcée dans la lettre de la Moura. Devait-elle en tenir compte face au candide Edouard ou bien absoudre et repartir vers des cieux plus cléments ?

— J'aime votre enthousiasme, déclara-t-elle.

Edouard se sentit pousser des ailes. Doté d'un pouvoir extraordinaire, il outrepassait ses devoirs et défendait une cause qui désormais lui appartenait. Une fois Ariane et Gabriel amadoués, il les amènerait à des résolutions pondérées et bénéfiques. Ensuite, le mur s'éboulerait pierre après pierre, emportant dans ses gravats de sales souvenirs. Il entendait déjà tinter les félicitations de son père, les encouragements de Grandi, et percevait le roulement régulier des chariots sur l'ancien chemin.

— Mon jeune ami, roucoula Ariane, cette contrée si belle, il me plairait de la visiter en votre compagnie…

Edouard ne put qu'accepter avec joie. Lorsqu'il quitta les Beauséjour avec la promesse d'un rendez-vous très proche, Gabriel agrippa le bras d'Ariane et l'entraîna à l'écart, loin des oreilles indiscrètes.

— Quelle idée as-tu derrière la tête ?

— Fais-moi confiance, rien de mal. Pourquoi soudain une telle méfiance ?

— J'essaie de comprendre.

— N'aie aucune inquiétude...

Gabriel fronça les sourcils et lissa sa fine moustache vers le haut, signe évident d'une certaine appréhension.

— Es-tu sûre de ce que tu vas faire ?

— Jaloux ?

— D'un si jeune gars certainement pas, mais...

Perplexe, il s'avachit sur un fauteuil en osier, et se tut.

17

Il ne se passait pas un jour sans qu'Edouard rende visite aux Beauséjour. Une relation amicale se profilait et le moulinier invita Ariane à de longues randonnées. Des collines au col du Pilon, des hameaux vers les hautes garrigues, des plaines pentues aux chatoyantes oliveraies, ils traversèrent le canton en quête de sites enchanteurs. Edouard entraînait sur ses domaines une Ariane goulue de connaissance. Ils suivaient les sentes effacées par les ronces, franchissaient les écrans de roseaux, s'oubliaient dans l'insouciance de leurs promenades.

Ariane ne voulait rien manquer de ces paysages bucoliques. Elle en buvait les couleurs, sombrait dans les reliefs déchiquetés, se fondait dans les rondeurs des collines. Elle griffait l'écorce des bouleaux ombreux, câlinait la dentelle grise des hêtres, enserrait les troncs des chênes centenaires. Dans ses veines coulait la sève limpide des éphémères. Harassés, ils se reposaient sur les tertres de fougères et ne rentraient que le soir, lorsque l'horizon se dissolvait en éclairs lumineux.

« Parlez-moi encore », lui demandait-elle, perdue dans d'intenses rêveries.

Dans ces moments-là, Edouard tentait de surmonter sa gaucherie. Il sentait le ridicule rosir ses joues. Cloué sur place tel un gamin tremblotant, il se battait contre lui-même pour refouler son manque d'aplomb et se lançait dans d'interminables descriptions. Parfois il se répétait, alors elle le reprenait d'une voix enjôleuse : « Ceci n'est plus une découverte ! Hier déjà, vous me l'avez conté ! »

Par d'habiles allusions, elle prenait un malin plaisir à le mettre en difficulté ; jeu féroce d'une femme qui aimait séduire et appréciait que l'on succombât à son indiscutable noblesse.

« Je ne m'en souviens plus... » Impuissant, il bafouillait, se perdait dans les détails, s'excusait et finissait par changer de cap.

A l'entrée des Veyans, Ariane pénétra dans la chapelle Saint-Saturnin. Elle s'avança vers l'autel délabré, puis se dirigea vers une Vierge de plâtre aux pieds nus, éclairée par une fente dans le toit bancal. Les tuiles, déplacées par le mistral, menaçaient de tomber. La Sainte Mère portait autour du cou un rosaire composé de glands.

— L'offrande d'un romanichel ou d'un chemineau, expliqua Edouard. Souvent, aux saisons, il y en a qui traînent dans le coin. Ils quémandent du travail à la journée, mais ici on s'en méfie. On ne sait ni d'où ils viennent, ni à quoi s'attendre avec eux.

La tunique d'un bleu délavé par les intempéries se confondait avec la pâleur des joues de la statue.

Ariane appuya son front contre les lèvres de la Vierge et resta, durant d'interminables minutes, prostrée.

Edouard devina l'émotion pesante qui envahissait sa troublante compagne. Il était presque fier qu'elle extériorisât, humblement et devant lui, ses sentiments.

— Vous tremblez !

— Ce n'est rien, murmura-t-elle.

— Voulez-vous rentrer à la Manuella ?

— Non, mon ami, non. Un peu de tristesse m'étreint... Ma mère a dû passer tant de fois devant ce lieu sans y pénétrer !

— Désirez-vous rester seule ?

— Oui.

Edouard se retira et ferma la porte derrière lui. Dans la clairière adjacente, il prépara un petit feu de brindilles. De sa musette, il extirpa une miche, du jambon, des olives, de la tomme de chèvre et des saucisses qu'il enfila sur une baguette de chêne. Lorsque les braises furent prêtes, il déposa dans le foyer une pierre plate, écrasa des gousses d'ail, et y posa les brochettes en les saupoudrant de sarriette. Un délicieux fumet emplit bientôt le lieu.

— J'ai l'estomac qui se creuse ! s'exclama Ariane par l'odeur alléchée. Les émotions me mettent en appétit !

Edouard lui tendit une branche bien touffue de figuier sauvage.

— Si une flammèche saute, vous tapez dessus énergiquement !

Ariane prit son rôle très au sérieux et scruta les alentours.

— Pourquoi tant de précautions ?

— Le feu ! Une année, il a sauté du vallon de Mourles au col du Pilon. Le village était recouvert de cendres. Nous l'avons combattu une semaine durant avant qu'il ne recule vers les falaises, les pâturages et les flancs de Callian. Un magnifique orage vint miraculeusement à notre secours et extermina, grâce à Dieu, le fléau !

D'un aven, Edouard sortit sa gourde. Il versa l'eau pure et glacée dans le creux des paumes d'Ariane. Elle se frotta les mains, en but une gorgée, se rafraîchit la nuque, le cou et les joues.

— Vous portez le collier de glands de la Vierge de Saint-Saturnin !

— Je l'ai échangé contre ma chaînette avec le médaillon de ma naissance... La seule chose qui me restait de l'orphelinat : un numéro et deux initiales... Cette vertueuse Dame mérite certes plus ample présent, mais je ne possédais que cette modeste relique sur moi.

Chacune de ses répliques désarmait Edouard. Parfois, il se demandait s'il accompagnait une diablesse envoyée par la Moura en vue d'un châtiment exemplaire, ou une fée. Il présenta néanmoins, sur un ton théâtral, le casse-croûte frugal et champêtre préparé par ses soins.

— Madame, la table est mise et je vous invite dans la plus grandiose auberge de la Provence !

Ariane lissa les plis de sa jupe et s'installa sur un rocher légèrement en hauteur. Edouard trancha le pain en deux et déposa sur les tranches les saucisses grillées, qu'il présenta au creux d'une écorce. Il recouvrit le foyer de terre et le piétina. Ils déjeunèrent perdus dans leurs songes.

Ensemble, ils se taisaient, subjugués par le ballet fuligineux du clair-obscur. Des frondaisons montait et descendait telle une toupie le grésillement des abeilles. Les buses planaient et piquaient sur un boqueteau de roseaux. La condensation des sources vibrait des tapis de mousse.

Edouard n'osait pas rompre cet enchantement. Il possédait Ariane rien que pour lui. Ses attitudes fines et recherchées, son allure suave et noble contrastaient avec les carcasses massives des paysannes de Saint-Cabraire, aux doubles mentons duvetés, aux cuisses de ferronnier, aux mains larges comme des battoirs. Des matrones forgées pour les tâches campagnardes ! Mais que dissimulait Ariane, dont le merveilleux surgissait à chaque mouvement et à chaque attention ?

Elle se promena sur la berge sablonneuse, ôta ses bottines et plongea ses pieds dans la rivière. Le courant glacé lui léchait les chevilles et les mollets. Elle riait comme une enfant qui essaie d'échapper aux vagues de la mer. Elle sauta sur les pierres plates jusqu'au milieu du courant, suivit du doigt un tourbillon de moucherons. Elle tendit l'oreille au chant des fauvettes, au jasement des geais, savourant ces instants volés à la sauvagerie d'une contrée indomptée et primitive. Elle s'approcha de la berge. A l'abri d'un bouquet d'ajoncs, elle desserra le cordon de sa jupe qui glissa sur ses longues jambes, déboutonna son corsage et l'enleva. Elle ne portait aucun autre vêtement. Elle dénoua son chignon. Ses cheveux libres coulèrent le long de son dos. Malgré la métamorphose des années, son corps n'était que l'émanation soyeuse d'un bien-être. Ses épaules dorées et luisantes, ses reins cambrés, ses fesses hautes et fermes n'avaient pas pris l'enveloppe de l'âge et s'offraient sans aucune pudeur à la nature. Le soleil effleurant ses hanches couvrait ses courbes onduleuses d'une teinte d'airain.

Edouard, abasourdi, ne put se détacher de cette vision. Il essaya pourtant, mais un désir impérieux le contraignit à déguster cette apparition jusqu'à la lie. De brutales palpitations le dévoraient. Aveuglé de plaisir, son sexe se tendit malgré lui dans ses braies. Il risqua un regard soutenu, se rétracta, réitéra et savoura de tout son soûl le miracle qui se déroulait sur les rives de la Siagne. Ariane nageait avec des gestes amples, glissait dans l'eau. Ses mèches éparses s'éparpillaient dans l'onde. Elle plongeait, dérivait avec les courants, ressortait la bouche grande ouverte, aspirait de l'air pour replonger aussitôt. Avec de longues brasses, elle fendait la lagune émeraude. Des ombres argentées s'infiltraient le long de sa silhouette, soulignant encore plus l'amplitude de sa grâce. Edouard s'aplatit sur un tapis d'herbe rase et mouillée, aspergea son visage afin d'apaiser cette fièvre ardente. Comment chasser ce mirage, alors qu'il était là, à portée de main, à portée de soupirs ?

Ariane se redressa et regagna la rive. Une multitude de gouttes nacrées perlaient sur son ventre creux et se noyaient dans la blondeur de son pubis. Ses seins, ronds comme des pommes juteuses, soulignaient la naissance de sa gorge. Elle glissa les doigts dans ses cheveux, les enroula ensuite et enfonça une tige de roseau dans le chignon trempé. Edouard suffoqua devant ces gestes félins. Il eut l'impression de devenir fou ! Comment ne pas succomber à la beauté de cette déesse ?

Elle s'allongea près du jeune homme. Ses paupières closes fermaient un visage épanoui. La brise séchait sa peau. Edouard éprouvait une indicible ivresse. Jamais il ne pourrait oublier ces secondes, ces intervalles de vie chapardés à une fantastique intimité. Son front était moite, sa chemise trempée. Cette chair dévoilée éveillait en lui une tornade de brûlures et de troubles. Il aspirait son haleine et fixait intensément un grain de beauté irisant un repli du nombril.

Soudain, elle frôla sa main. A la fois paralysé et comblé, il se crispa, tentant de retrouver un brin de lucidité. Il voulut la repousser, la fuir, la saisir dans ses bras, l'enlacer... Elle, la fille de la Moura, l'envoûtait littéralement.

— Il nous faut rentrer, à présent, murmura-t-elle avec une certaine lenteur.

— Il est tard, répondit-il machinalement.

— Et j'ai un peu froid !

— Sous les arbres, il fait toujours frisquet !

Ils s'enfoncèrent dans le plus profond de la forêt. En tête, Edouard se taisait. Il marchait d'un pas rapide, sans s'inquiéter aucunement d'Ariane. Elle s'agrippait aux branches et soutenait le rythme imposé. Elle serrait les dents dans les grimpettes rudes, prouvant à son guide qu'elle ne montrerait pas une once de faiblesse.

— Vous n'êtes pas très loquace ! Nous sommes pourtant passés à des endroits qui méritaient notre attention...

Edouard ralentit. Elle le rattrapa et le saisit par le bras. Elle le vit alors tressaillir, comme si ce contact ébranlait sa fierté.

— Qu'est-ce qui ne va pas ?

Le moulinier baissa les yeux. Elle le poussa contre un pin et posa ses mains sur ses épaules, le bloquant contre le tronc.

— Je vous ai choqué ?

Il hocha la tête et se mordit les lèvres.

— Ma liberté vaut plus que tous les regards que l'on peut porter sur moi ! Je suis comme ça. Je ne cache rien à ceux que j'apprécie. Je désirais cette communion avec la rivière et la nature. Vous m'avez offert le calice et je l'ai savouré jusqu'à la dernière goutte...

— Je n'oserai plus venir à la Manuella !

— Mais il n'y a aucune raison !

— Je vous ai désirée, confessa-t-il. C'était insoutenable et impardonnable de ma part !

La honte s'abattit devant l'impudique. Edouard se sentait ridicule. Désarmé, il ne savait pas comment se dépêtrer d'une telle situation. Ariane lui parla longuement. Elle lui livra ses émotions jusqu'au déclin du soleil afin de dissiper ce sentiment de malaise. Elle s'évadait de sa tour de cristal. Il fallait qu'il l'écoute pour devenir son allié.

— Vous êtes sincère et c'est une chose rare. Vous comprendrez un jour que bien des choses nous rapprochent... Je vous jure sur la dépouille de ma pauvre mère que je vous dirai tout plus tard !

Edouard ne pouvait saisir le fond de ses propos, mais il reprit toutefois confiance. Ariane ne s'était pas moquée de lui. Au contraire, elle avait dit l'apprécier ! Peut-être était-ce un présage...

Quand ils atteignirent la Manuella, Gabriel faisait les cent pas dans le jardin, montrant quelques signes d'impatience.

— Une journée formidable ! s'écria Ariane.

— Je vous la ramène en bon état ! plaisanta Edouard.

— Mon doux mari, je suis désormais entièrement à vous ! Un doigt de porto me ragaillardirait !

Sa voix disparut dans la maison.

18

Une semaine après, les Beauséjour quittèrent Saint-Cabraire pour Nice afin d'y passer les saisons froides, laissant les maçons et les jardiniers achever les travaux. Josépha, la bonne, et les Italiens assuraient la surveillance de la Manuella. Aucune lettre, aucun adieu, l'aube les avait enlevés. Souvent Edouard longeait la propriété, la tête emplie de souvenirs, et s'enfonçait dans une lourde tristesse. Ce corps nu, assoupi à ses côtés, peuplait son sommeil ; des moments furtifs fusaient dans ses rêves mélancoliques ; Ariane le hantait.

En vain, Rose attendait Edouard. Elle le guettait par-delà les grilles des Moulières. Au moindre aboiement d'un chien, elle sursautait et se précipitait dans sa chambre. De la fenêtre, elle apercevait le talus où son promis naguère musardait en espérant qu'elle apparaisse. Elle se levait plusieurs fois par nuit pour vérifier, hélas, son absence. Pour quelles raisons Edouard ne donnait-il pas de nouvelles de lui ? Elle réfléchit d'abord à une interdiction de Thérésius Passeron, qu'elle savait réticent à leur union. Ensuite, elle pensa que son père aurait pu dissuader le moulinier d'approcher de sa fille... Mais ces hypothèses s'effondrèrent lorsqu'un dimanche matin, après l'office, elle surprit, chez le boulanger, les bribes d'une discussion entre la Rougeaude et la commerçante :

— Je te dis que tous les après-midi il descend vers le vallon de la Brosse avec elle !

— Pas possible !

— Même qu'il se poste à l'extérieur de la maison ! La garce doit attendre que son mari fasse la sieste pour le rejoindre !

— Non ! Le pauvre homme !

— Je les ai vus de mes propres yeux !

— C'est du propre, ça !

La Rougeaude se rapprocha de la boulangère :

— Et ils ne se promènent pas comme des camarades… Une fois, Edouard lui a posé la main sur l'épaule !

— Si Thérésius savait ça !

— Les Passeron ont toujours été de chauds lapins… Et Félix, le cousin, si tu veux, je t'en parle…

— Là, tu n'as pas tort !

— Maintenant, c'est Edouard qui prend la relève !

— Pauvre Adèle…

— Elle s'en accommode !

Les potins stoppèrent net dès qu'elles s'aperçurent de la présence de Rose. La jeune fille paya sa miche et, en pleurs, courut jusqu'aux Moulières.

Elle resta des semaines inconsolable, enfermée, refusant bouillon de poule ou autre nourriture. Son père la veilla sans relâche. A son chevet, il lui prodigua inlassablement réconfort et encouragements. Un jour, enfin, Rose se réveilla à l'aube d'un nouveau monde, portant toutefois en elle une sévère amertume. La trahison l'avait meurtrie jusqu'au fond de son âme ; il fallait qu'elle recommence une nouvelle existence loin de Saint-Cabraire. C'est ainsi qu'elle déclara à Audibert :

— Papa, tu as été patient ; tu t'es sacrifié pour moi et je ne le méritais certainement pas. Combien de fois t'a-t-on proposé d'exposer et de peindre à Nice ? Tu as toujours refusé. Il est temps à présent de tenter ta chance. Maintenant que plus rien ne m'attache ici, je serai plus heureuse ailleurs...

Audibert serra fort sa fille dans ses bras.

— Tu es sûre ?

— Oui, je te l'assure ! Mes désirs se sont noyés dans la Siagne... et cette rivière se jette dans la Méditerranée ! C'est un appel...

Le départ des Audibert fit grand bruit à Saint-Cabraire. On ne comprenait pas cette fuite précipitée. Le sujet fut même abordé et débattu en conseil municipal. Le maire essaya en vain de calmer les esprits. Les commérages allaient bon train, car comment ne pas penser que cette cavale en catimini de nuit était synonyme d'événements bizarres ? Le déménagement remplaçait donc largement les radotages sur le couple Beauséjour. On croyait avoir vu un camion arriver aux Moulières, charger meubles et effets... Des chasseurs garantissaient qu'une charrette bringuebalante remplie jusqu'à la gueule avait descendu à vive allure le chemin des Fontaines... La Rougeaude affirmait que Rose, la veille du départ, s'était confiée au curé... La préposée à la quête assurait que le père avait craché sur le panneau de Saint-Cabraire et qu'il avait voulu mettre le feu aux Moulières... Une autre qu'ils avaient pris la malle-poste, au petit matin, avec une simple valise, comme deux malheureux...

— Elle a sûrement péché avec Edouard... affirma la Rougeaude. D'ici qu'elle porte un « bastardoun », y a pas loin !

— Tu crois ? sourcilla une commère. Pourtant, tout l'été, il a rôdé avec cette Ariane Beauséjour...

— Et alors ? Tu connais pas les Passeron ! Ils sont tous pareils ! Ça se transmet de père en fils ! éructa la Rougeaude.

Edouard pénétra ainsi dans le cercle très fermé des gens à critiquer. On avait enfin quelque chose à lui reprocher et son statut de mestre moulinier vacillait sérieusement. Certes, dès qu'on l'apercevait, ce n'étaient que grands sourires et bonjours cérémonieux... On croquait de l'Audibert à volonté ; on se délectait des déboires du fils Passeron ; on se régalait des soucis de Thérésius ; on se réjouissait à l'idée que le spectre de la Moura ait franchi la frontière de Saint-Cabraire pour rôder du côté des Moulières. On rejetait les vieux démons du côté de la montagne, vers le nord, au-delà du Pilon.

« Ce qui arrive à Rose, c'est la faute à la fille de la Moura, chuchotait-on à voix basse sur le pas des portes.

— Sa mère lui a légué le don du mal...

— Sa politesse cache les mauvais esprits !

— Une diablesse ! »

Le samedi, jour de marché, Edouard déambulait sur la place, les mains dans les poches, la mine défaite. Ce n'était pas son habitude de lambiner, mais il fallait tuer le temps à tout prix. Les journées, les semaines à essayer d'oublier Ariane lui paraissaient interminables. Il s'escrimait à courir des après-midi entiers dans la forêt, à labourer à la pioche des champs immenses, à creuser des caniveaux, à défricher les ronces dans les ribes… A la nuit tombée, on l'apercevait encore en train de fendre des stères de bois, en bras de chemise, se déchaînant comme un bagnard ! Les coups pleuvaient sur les troncs à une cadence infernale. Les copeaux volaient et retombaient sur le sol en un tapis d'écaille de bois qu'il piétinait. Sa hache s'abattait avec une fureur incontrôlée sur les billots. Il fallait qu'il expulse de son être cette présence tenace qui revenait le hanter à chaque détour de sentier. Elle était là, impalpable. Son image errait, accrochée aux buissons, à l'herbe qui se défroisse, au vent d'est qui se faufile entre les genêts, aux épines roussies des cades. Son portrait se reflétait dans les flaques, sa silhouette se profilait dans la garrigue, son mirage s'épanouissait à l'approche de la rivière. Il la voyait surgir des eaux, dans une nudité absolue. Ces souvenirs martelaient ses tempes et le minaient. Elle le poursuivait partout, sans relâche.

Au mas des Passeron, la vie devenait insoutenable. Thérésius, empreint d'un flagrant mépris, proférait en permanence des réflexions blessantes qui meurtrissaient son fils. Edouard ne savait plus vers qui se tourner pour confier son immense douleur. Au lieu de trouver protection et refuge auprès de son père, celui-ci aggravait ses maux. Quant à Adèle, les dents serrées, elle supportait avec difficulté les incessants combats qui déchiraient la famille. Parfois, de trop se taire, elle explosait, renversait ce qui se trouvait sur la table ou le buffet, abandonnait Thérésius et Edouard à la cuisine, et montait s'enfermer dans sa chambre. Penauds, ils ne se résolvaient pas pour autant à signer la paix. Au contraire !

— Rose est partie ! Et avant que tu la retrouves, les poules auront des dents ! hurla la mère un soir au dîner.

Une rage froide animait Adèle. Elle jeta son désarroi à la face de son mari et de son fils.

— Vous m'exaspérez tellement avec vos continuelles disputes que j'en arrive à me demander si je ne serais pas mieux toute seule !

— Ce sont mes affaires, répondit Edouard. Tu n'as pas à te mettre dans de tels états ! Je suis assez grand pour régler moi-même mes problèmes.

— Si tu voyais la tête que tu as, mon pauvre ! Tu me fais pitié !

— Du beau travail, oui : « Fais du bien à Bertrand, il te le rend dans cent ans ! », jura Thérésius.

— Toi, si tu n'avais pas fait la fine bouche, ton fils serait fiancé et nous n'en serions pas là ! Rose était une fille bien.

— De toute façon, dans cette maison j'ai le fils et la mère contre moi ! râla Thérésius. Heureusement qu'il me reste Garibaldi…

— Cette fille s'est enfuie par désespoir !

— Dis plutôt qu'Audibert a déguerpi par fainéantise ! La terre ne lui colle pas à la peau, c'est pas son pinceau qui lui fera des cloques ! En vingt ans, il a dilapidé le patrimoine de ses ancêtres…

— Là n'est pas là question ! Sa femme qui est morte en couches, cela ne te touche pas ? Lui ne s'en est jamais remis.

— Pourquoi, c'est elle qui partait aux champs ? C'est la meilleure de l'année !

Le déchirement de ses parents redoublait ses souffrances. Edouard se sentit tellement responsable qu'il finit par s'enfuir au moulin. Il occupa la chambre d'Alberto et de Giovanni. La bastide des Passeron résonna de son absence.

— Cet énergumène mérite des baffes à lui virer la tronche à l'envers ! Un aller et retour pour lui remettre les idées en place, ça ne lui ferait pas de mal !

— Il manquerait plus que ça !

— Et qu'est-ce qu'il avait à rôder tout l'été avec cette garce ! Avec ça, le mari qui ne bronchait pas, qui acceptait qu'un freluquet entraîne son épouse dans les bois ! Et tu crois qu'il lui contait fleurette ?

— Tu seras toujours dépassé par les femmes !

— Je te rappelle que c'est la fille de la Moura, qu'elle le mène par le bout du nez et que l'autre grand dadais est tombé dans le panneau ! Elle pourrait presque être sa mère ! Elle va le tordre… Parce que si les Beauséjour se sont installés ici, c'est pour une unique raison, Adèle : la vengeance ! La vengeance !

— Où vas-tu chercher tout ça ?

— Ouvre les yeux, pour une fois ! Et arrête de protéger ton satané garnement : tu es en train d'en faire une mauviette !

— Mon pauvre Thérésius... souffla Adèle en levant les yeux vers le crucifix suspendu au-dessus du buffet.

Le départ de Rose avait provoqué chez Edouard un éclair de lucidité. Il s'était précipité aux Moulières et était resté longtemps abattu devant le portail entrouvert. Il se sentait coupable d'avoir trahi un amour sincère. Il avait voulu se ressaisir, mais le souvenir d'Ariane avait balayé en un tour de main les sourires, les yeux mutins et la gaieté naturelle de Rose. Il était devenu étranger à ses propres promesses.

« Je suis perdu... Perdu... » Machinalement, il avait refermé les battants et s'était assis sur les rochers qui dominaient la demeure et les fenêtres de Rose. Les volets clos s'étaient refermés sur une idylle inachevée. Il n'avait pas su percevoir l'évidence. Une chape de désespérance s'était abattue alors sur son âme. Désormais, il serait poursuivi par sa faiblesse et ses fautes, par ses regrets envers Rose, par l'image sublime et licencieuse d'Ariane.

— Edouard !

Au bras de Josépha, Alberto se promenait, fier et gaillard, le torse bombé, rasé de près, les cheveux gominés, habillé de propre. Il héla le fils Passeron alors qu'il se dirigeait vers l'auberge des Mules. La foire battait son plein. Une foison de criailleries, d'exclamations, de braillements s'empalaient sur la girouette du clocher. Des interjections, des appels, des jurons fusaient d'entre les étals de légumes, de melons blancs ou de raisin. Les vendeurs de casseroles et de pièces ménagères vantaient la modernité de leurs ustensiles en étain et en aluminium. « L'avenir de la ménagère ! » criaient-ils.

S'échappant des paniers, poules, canards, lapins provoquaient dans la foule des courses cocasses. Côtoyant les bazars de colifichets, les malles des colporteurs, les monceaux de vestes de drap, de pantalons grossiers, de pèlerines de berger ou de parapluies, les maquignons louaient la robustesse de leurs mulets et de leurs ânes. Ils marchandaient, ergotaient, défendaient sou à sou, pied à pied, les qualités de leurs bêtes. Ils topaient ensuite d'un claquement de main sec, réglaient leur vente et s'en allaient boire un canon avec l'acquéreur.

— On ne te voit plus !

Edouard s'empêtra dans de sottes excuses.

— Le travail, le moulin, la saison qui arrive et...

Un sourire compatissant traversa le visage du Piémontais. Il savait qu'Edouard, égaré par la passion, souffrait aussi d'avoir dupé sa promise.

— Et le reste, Edouard, et le reste... glissa pudiquement Alberto. Réfléchis bien, mon ami, il n'y a que toi qui possèdes les clés de ta maison !

Edouard haussa les épaules.

— Que veux-tu, c'est la vie...

— Fais les comptes... Après, seulement, tu pourras y voir plus clair !

— Tu as peut-être raison... Et toi ?

— Moi, tout va pour le mieux !

Il lança un coup d'œil complice en direction de Josépha.

— Nous avons des projets...

— Si je comprends bien, vous...

— Et oui, dès le lendemain de son arrivée ! Tu connais les Italiens, ce sont des rapides...

— Le bon Giovanni, comment se porte-t-il ?

— Il restaure les baraques du bas !

Sur ces bonnes paroles, ils se quittèrent. Alberto et Josépha se fondirent dans la foule du marché.

Edouard pénétra dans l'auberge des Mules, donnant le bonjour aux quelques habitués surpris de voir le fils Passeron fréquenter les lieux. L'atmosphère l'oppressait. Il avait besoin du grand air, de courir la montagne. Il avala donc prestement son verre et ressortit presque aussitôt.

19

L'été étirait sa torpeur. Il offrait des matinées d'automne d'une rare douceur. Le soleil transperçait les feuillages amarante, roux et brillants des vallons et des collines. Les forêts de pins ruisselaient de vert tendre et respiraient la monotonie. Les oiseaux migrateurs frôlaient les nuages fauves. Le graillement des corneilles picorant les labours résonnait dans la Siagne. Les moutons et les chèvres avaient regagné les étables. Les greniers regorgeaient de fourrage. Sur les claies de branchages séchaient les pommes, les tomates, les coings, la clairette d'hiver. Les caves étaient remplies de bûches et de tonneaux de vin. Les brûlots de feuilles de platane déballaient leurs fumées et embaumaient les rues et les ruelles... Les mêmes gestes, les mêmes précautions, les mêmes coutumes : on recommençait le cycle des saisons. Les vents soufflaient un air vivifiant qui s'adoucissait au contact de la Méditerranée. Les pluies, la grisaille, les giclées d'octobre repoussées aux calendes grecques arrangeaient bien les affaires des paysans et producteurs. La véraison promettait une cueillette fructueuse. Le village se mettait à nouveau sur le pied de guerre. Au Val des Costes, Thérésius goûtait parmi ses arbres à une précieuse tranquillité. Ses oliviers semblaient le protéger du tumulte familial. « Eux, au moins, ils n'ont pas de soucis… »

Thérésius s'enchaînait à cette terre ardente, satinée au toucher, terre sur laquelle il avait tant trimé, qu'il avait pétrie, tournée et retournée… Les sillons lui avaient offert ce fils qui, à présent, se détachait de lui. Il s'attendrit devant ses olives encore endormies, douces comme des femmes alanguies. Elles n'attendaient que sa main pour trouver du plaisir. Pourquoi chercher les complications et ne pas deviner les choses simples ? Edouard aurait été heureux au Val des Costes avec Rose. Elle aurait su mener son ménage et son intérieur. Quant à Audibert, il s'en serait accommodé !

Le mistral posa la froideur sur son dos. Il remonta le col de sa veste. Garibaldi vint se frotter à lui en geignant doucement. Thérésius rentra au mas, courbé de tristesse, pleurant silencieusement, affaissé sur sa canne.

Le moulin prêt avant l'heure, les bergers de retour, les Italiens sur place : jamais Edouard ne fut si vite opérationnel. Il accueillit les producteurs et pressa les olives comme si aucun événement n'avait troublé son existence.

« Avec tes relations, c'est plus simple maintenant… » lui lança sournoisement Thérésius.

Dans ces moments-là, Edouard serrait les dents et ne répondait pas à son père.

« Tu as du temps, à présent que tu ne te promènes plus aux Moulières… »

Chaque réflexion équivalait à un coup de couteau qu'on lui enfonçait dans la poitrine. Mais, par respect pour sa mère, il évitait l'affrontement.

« A Nice, des courtisans, il y en a à la pelle ! Et pas des bouseux ! Des riches, des gens de la haute société ! »

Revinrent les longues nuits d'hiver où l'ennui se confondait avec la solitude, où les oliveraies n'exigeaient ni soins minutieux, ni lourds travaux. Les outils remisés, chacun appréciait ce repos forcé. Des boqueteaux et des collines dépouillées montaient les relents d'humus, de fougères sauvages et de feuilles de chêne tassées. Un duvet de givre se posait sur les talus. Les caniveaux gelaient. Les sources figées dans la glace hoquetaient d'un minuscule filet d'eau. Le village sombrait dans la morte saison et se repliait dans son cocon. Les courtes journées engrisaillées l'enveloppaient d'une pâleur livide et la vallée se diluait dans d'épaisses strates de brouillard.

Dans son moulin, Edouard s'occupait à des tâches de maintenance. Cent fois il refaisait les mêmes vérifications, cent fois il réitérait des tâches identiques. Parfois, à la fin de l'après-midi, il se laissait aller à ses pensées, appuyé contre la pierre tiède du perron. Il voyageait au passage des nuées fauves, se fondait dans la brise colorée, sursautait au hululement du hibou, jouait avec le marmottement des criquets.

Lorsque le soleil déclinait derrière la Siagne, il quittait sa place. Ses pas le conduisaient machinalement, après un détour par les Moulières, devant le portail de la Manuella. Il s'arrêtait et se perdait l'instant d'un songe dans l'allée qui menait à l'entrée de la demeure. Il écoutait les voix débonnaires, chantantes, des Italiens et souriait : « Ils sont nés joyeux et mourront heureux ! »

Puis il partait se réfugier dans sa tanière. Il se couchait à l'heure des poules et plongeait aussitôt dans de douces rêveries. Bercé par une myriade d'étoiles, il flottait dans une volupté qui le rapprochait d'Ariane. Il s'endormait seulement à l'aube, rasséréné par le sentiment intense de lui appartenir.

Adèle lui apportait quotidiennement une gamelle et des provisions. En sus d'un solide repas chaud, elle lui prodiguait des paroles maternelles et apaisantes. Thérésius ne voulait plus le voir. Durant la période de fabrication de l'huile, la tension était tellement montée que la rupture s'avéra inéluctable.

— Débarrasse-moi de son assiette, de ses couverts et de son verre ! hurla Thérésius au dîner. Il n'a plus sa place ici ! Il est parti de ma maison, qu'il n'y remette plus les pieds !

— C'est ton fils, quand même ! Ta maison, comme tu le dis si bien, jusqu'à nouvel ordre, c'est la sienne et la mienne aussi !

— Je m'en contrefous !

— Tu le renies ?

— Qu'est-ce que tu vas chercher ?

— Tu renies ton sang ?

Le père se leva et jeta violemment sa chaise, qui se fracassa contre le mur du fond de la cuisine

— Il me fait honte ! Le village entier se moque de nous ! Les Passeron font belle figure, à présent !

— Tu crois que ton attitude est digne du Thérésius que j'ai connu et que j'ai tant estimé ? Tu ne vois pas que ton fils est malheureux, qu'il ne sait plus où il en est ? Si tu penses le ramener à la raison avec de tels comportements, tu te trompes complètement, mon cher. Tu ne vaux pas mieux que ceux qui nous dénigrent, ceux qui, par-derrière, nous crachent dans le dos ! Voilà à quoi tu ressembles en ce moment ! Ressaisis-toi, nom de Dieu ! Fais marcher ta cervelle !

— Ceux-là, je les connais et…

— Bien sûr, que tu les connais !

— Et je les écraserai comme des cafards !

— Tu ne vois que toi et ta fierté ! Passé le bout de tes chaussures, tu es aveugle !

Adèle, furieuse, se débarrassa de son tablier et claqua la porte. Thérésius se servit un verre de rouge et l'avala d'un trait.

— Même le vin n'a plus de goût.

Le silence des meules pesait d'un lourd fardeau mélancolique. Les engrenages impassibles et froids, bloqués dans la pénombre, ressemblaient à des monstres inutiles. Le calme feint des lieux n'amenait qu'un abandon qui fondait sur Edouard comme un grand aigle. Pour lui, seul comptait le retour d'Ariane aux premiers jours du printemps. Il ne vivait que dans cet espoir, au rythme de l'interminable hiver. Il barrait, sur le calendrier de la poste, les jours et les semaines, tiquant au bruit du moteur d'un tracteur, se précipitant à la fenêtre lorsqu'il percevait la voix lointaine d'une femme… La moindre sensation, le moindre frôlement inhabituel décuplait ses sens. Et Rose ? se demandait-il quelquefois. Et Rose… Il n'avait pas voulu la blesser, mais il demeurait impuissant face à la déferlante qui brouillait son esprit. Et Rose…

Plongé dans l'obscur mystère de la vénération, il se renferma peu à peu dans une délicieuse chrysalide où ne résidait ni matin, ni soir, ni lune, ni heure, seulement l'attente ; un rêve abstrait doux à goûter. Après les mois de tempêtes et de tourments, par un beau soleil de mai, Ariane viendrait, pure, immatérielle, jaillissant de l'onde. Il serait son unique spectateur.

— Elle a au moins vingt ans de plus que toi, souligna un jour Adèle.

— Et alors ?

— C'est une femme qui a déjà fait sa vie… Qu'est-ce qu'elle ferait d'un gamin comme toi ?

— Ça n'empêche rien !

— Tu es aussi borné que ton père !

— Ne me compare pas à lui !

— Elle tient à son époux !

— Ça, c'est toi qui le dis !

— Tu te prêtes à des jeux très dangereux, Edouard.

— Je fais comme je l'entends, un point c'est tout !

— Je t'aurai prévenu…

Adèle semblait capituler, mais le lendemain elle revenait à la charge, encore plus forte et plus décidée. A chaque réponse butée de son fils, elle déployait une énergie farouche pour mieux le convaincre et le détourner de l'itinéraire périlleux qu'il empruntait.

Aux derniers jours d'avril, l'excitation d'Edouard se trouva à son paroxysme. Déjà, iris, crocus, pimprenelles perçaient la mousse tendre et frétillaient dans les endroits humides. Les garrigues se réveillaient à l'éclosion de la sauge, de l'hysope et des lavandes. Les troupeaux s'égaillaient dans les pâturages et le village de Saint-Cabraire s'étirait face à l'horizon limpide.

Le moulinier passait le plus clair de ses journées près de la fontaine ou en compagnie de Giovanni et d'Alberto. Il avait renoué avec eux, s'imprégnant ainsi de l'atmosphère de la Manuella. L'attente s'écoulait plus douce et sereine. Désormais, c'était ici qu'il attendrait le retour d'Ariane.

Les travaux achevés, la propriété étincelait. Les fontaines et les bassins pétillaient d'une eau pure. Le taudis de la Moura avait été transformé en un palais de lumière. Josépha, en robe noire et long tablier blanc, un foulard immaculé serrant ses épais cheveux noirs, réglait les ultimes détails avant l'arrivée des Beauséjour.

— On logera aux cabanes, affirma Alberto. Giovanni a terminé le gros œuvre. Il ne nous reste que les aménagements intérieurs.

— Sauf moi ! s'écria malicieusement Josépha. Je me dois de rester auprès de mes maîtres…

— On verra… lui glissa malicieusement à l'oreille Alberto.

— Le soir, peut-être… si tu es sage…

Rires et romances emplissaient les veillées avec les Italiens, et Edouard s'imaginait partager cette ambiance avec la belle Ariane. Souvent, il se livrait à des confessions niaises, ouvrant son cœur aux cousins, comme si Ariane lui appartenait déjà.

— Ne rêve pas ! lui conseilla Alberto.

— Ariane est trop droite et sincère pour se compromettre dans de telles aventures ! renchérit Giovanni.

— Vous verrez… Il y a des choses qui ne trompent pas ! répliqua Edouard, passablement énervé. Je sais pertinemment que nos destins sont liés. Nos chemins ne se sont pas croisés par hasard !

— Mon pauvre, elle appartient à un autre monde ! Tu te fais des illusions, ajouta Alberto.

— Pense plutôt à Rose ! Elle, c'est une fille pour toi ! conclut Giovanni.

Les avertissements de ses amis restèrent lettre morte. Des points culminants il observait sans cesse le tracé sinueux de la route se profilant entre les bois de châtaigniers, les plaines et les terrasses. Il tentait de capter le moindre indice qui conduirait Ariane auprès de lui. Elle ne pouvait lui échapper. Il devenait l'esclave de ses sens. Un jour, il croisa même son père. Celui-ci tourna la tête, feignant de l'ignorer. Il ne répondit pas à son bonsoir et rappela Garibaldi, qui reniflait le fils.

Et les semaines s'écoulaient sans qu'aucune nouvelle ne parvienne de Nice. Les futilités et l'exaltation du début disparurent. Malgré tout, Edouard refusait d'abdiquer.

— Tu n'as reçu aucune lettre ? demanda-t-il à Josépha.

— Rien qui t'intéresse…

— Tu en es sûre ?

— Si je te le dis !

— Tu ne me caches rien ?

— Et pourquoi ces questions ? Je suis au service de Madame et de Monsieur, non au tien ! lui répondit-elle froidement, agacée par son comportement excessif et empressant.

A la suite de cette conversation, ses visites à la Manuella s'espacèrent. Edouard se trouva à nouveau seul, confronté à son imagination débordante. Il revint à la charge, tenta maintes astuces pour que Josépha lui livre quelques confidences. Il employa des mots de douceur, lui offrit de menus cadeaux et des friandises. La bonne ne transigea point. Elle respecta les consignes des Beauséjour.

— Ni Alberto, avec qui je vais me marier, ni Giovanni ne savent dans quel quartier de Nice les Beauséjour résident.

— A moi, le patron du moulin, tu peux le confier... Je t'assure que personne ne saura que... Tu sais bien qu'à la saison Alberto et Giovanni travaillent pour moi... insinua-t-il.

Josépha le coupa sèchement.

— Mais pour qui me prends-tu ? Tu me crois capable de tromper la confiance de gens que je sers depuis dix ans ? C'est la meilleure... du chantage ! Je ne pensais pas que tu tomberais aussi bas !

— Garde tes secrets ! s'écria Edouard, enragé.

Il ne pouvait se résoudre à oublier cette femme. Cloîtré dans son moulin, il avait emmagasiné tant de forces, tant d'espoirs qu'il se décida à bousculer les événements et à affronter les foudres du ciel. Ce qu'il adviendrait lui était égal. Plutôt mourir que de rester dans cet état !

— Il veut partir la rejoindre ! annonça Adèle à Thérésius.

— Bon voyage !

— Tu me dégoûtes ! lui cracha-t-elle au visage.

— Pars avec lui !

— Pourquoi pas !

— La mère et le fils dans le même sac, bon débarras ! Et moi, je vais me pendre à la plus haute branche du marronnier ! Ça arrangera tout le monde !

— Tu te crois intéressant en proférant ces énormités ?

Tout échappait à Thérésius, tout s'écroulait autour de lui ! Plus rien n'allait dans le droit chemin. Il ne contrôlait plus ses affaires et perdait l'affection de sa famille. Adèle faisait chambre à part, couchant dans le lit d'Edouard. Thérésius ne trouvait plus le sommeil, les draps froids à ses côtés. Plusieurs fois, le cœur battant, il tenta de rejoindre sa femme. Le verrou ne céda à aucune de ses tentatives. Pourtant, un rai de lumière filtrait sous la porte... Il savait qu'elle ne dormait pas ; il savait qu'elle souffrait autant que lui. Un soir où la dispute fut encore plus orageuse, il essaya à nouveau de se faire pardonner.

— Adèle !

— Va-t'en !

— Je t'en supplie...

— Je ne veux pas te voir !

— Mais pourquoi veut-il partir ? murmura-t-il.

— Tu n'avais qu'à réfléchir avant !

Pour couper court à la discussion, Adèle souffla la lampe. Thérésius, immobile dans le noir, demeura perdu dans une forêt de reproches. Sa gorge se serra. Dans sa chambre, il déchaîna sa nervosité sur les meubles. Rien pourtant ne semblait l'apaiser. Devait-il lui seul supporter le poids de ses blessures et de l'acharnement des autres ?

« Pourquoi ne l'a-t-elle pas empêché ? se lamentait-il. » Il suffoquait d'indignation, d'une révolte impuissante. Il avait toujours été un homme juste, sensé. Dans un brouillard épais, il rassembla toute son énergie et recomposa les pièces de l'échiquier. Son univers s'emplit de souvenirs fugaces, du regard de la Moura lors de cette fameuse messe de Noël. L'amertume d'avoir été trompé par les siens devint une évidence. Ses craintes se muèrent en une profonde injustice. Il ouvrit en grand la fenêtre et hurla en direction du parc :

— S'il veut partir, qu'il parte ! Bon voyage ! Je ne serai plus là pour l'attendre ! Je n'ai plus qu'à crever et à rejoindre la Moura !

20

Il tombait à verse. Un de ces orages qui annonce un été torride à faire « péter » les caillasses et embraser la garrigue. Eugénie ne releva pas les lunettes de sa paperasse et ne sourcilla point lorsque Adèle, les vêtements trempés, la coiffure dégoulinante, traversa le minuscule corridor menant au bureau d'Alphonse Grandi.

— Je crois que je vais devenir folle ! Il n'y en a pas un pour rattraper l'autre ! Ils me font tourner en bourrique !

Un soupir de dépit gonfla la poitrine du maire. Il se tenait droit, un peu raide. Les larmes montèrent aux yeux d'Adèle. Il remarqua sa pâleur et le bord rougi de ses paupières. « Pauvre Adèle, elle n'a pas dû se reposer beaucoup, ces temps-ci... » Malgré la chaleur moite, elle frissonna. Elle serra d'un geste machinal son gilet de laine. Elle avait la sourde impression qu'elle allait exploser. Les rafales de pluie cessèrent peu à peu. Les gouttes ne frappèrent plus les carreaux. Les longues traînes flasques disparurent de l'horizon. Bientôt, un soleil distrait apparut comme par enchantement derrière Mons, éclairant de ses lueurs la cheminée.

— Je ne sais plus que faire, je suis totalement désemparée ! Aide-moi, je t'en prie ! Peut-être que toi, il t'écoutera ?

Grandi fronça les sourcils. L'air sombre, il bredouilla une vague réponse :

— Je te comprends, Adèle, Thérésius est certes mon ami, mais j'ai peur d'être impuissant.

— Persuade-le que sa famille vaut mieux que les cauchemars qui le gangrènent.

— Je vais essayer, je te l'assure. Quant au résultat, je ne te promets rien…

— Il se confine à présent dans une haine viscérale contre son fils. Il ne fait du mal qu'à lui et aux siens, pas à ses ennemis ! Si ennemis, il y a ! insista Adèle.

— Il a l'impression que le sort s'acharne sur lui depuis l'arrivée des Beauséjour ! Est-ce que quelqu'un peut me dire en quoi et de quoi ils sont coupables ?

— Je ne le sais pas plus que toi !

— De porter un héritage aussi lourd et aussi noir ? D'avoir transformé un taudis en demeure princière ? Qu'Ariane soit la fille bâtarde de la Moura ?… Parce que des enfants illégitimes, je vais te dire, Adèle, à Saint-Cabraire, ils ne tiennent pas sur les dix doigts de la main !

Il hocha la tête. Les rides creusèrent son front.

— Excuse-moi, je m'emporte… Ce drame me préoccupe et je n'en vois pas l'issue !

— On en revient toujours au même point…

— Hélas, ma chère, c'est la seule vérité !

Pour Adèle, Grandi constituait l'ultime recours. Elle lorgna la cloison fraîchement peinte à la chaux et les étagères remplies de dossiers d'où émanait une forte odeur d'encre et de renfermé, évitant ainsi le regard du maire.

— Fais pour le mieux, Grandi... Une dernière fois, je t'en supplie !

Avant de franchir le seuil, elle joignit ses grosses mains de paysanne :

— Même si je commence à douter de la bonté du Seigneur, qu'il te bénisse par avance.

La visite d'Adèle ébranla le maire. Elle avait vieilli de vingt ans d'un coup. L'appel bouleversant de cette femme lui barrait l'estomac. Certes, un poison inoculé goutte à goutte s'écoulait depuis toujours dans les veines de Thérésius... Colère et compassion se conjuguaient en un malaise assourdissant. Grandi fixa le portrait barré de tricolore de Gaston Doumergue.

— Et toi, vieux renard de président, si tu avais une solution, cela m'arrangerait bien !

Il haussa les épaules.

— Il ne faut pas, se dit-il tout haut. Il ne faut pas pour elle, ni pour Edouard, ni pour Thérésius...

Grandi se perdait en diverses conjonctures. Pouvait-il dissuader Passeron ? Thérésius ne devait plus se laisser abattre ainsi... La Moura était-elle capable d'une telle machination, d'une vengeance par procuration ? Quelle abominable cabale avait-elle orchestrée ?

— Impossible ! s'écria-t-il. Ariane Beauséjour est trop sensée pour se prêter à une cause aussi abjecte ! Et son mari l'en empêcherait ! Quels intérêts trouveraient-ils dans un tel complot ?

Il tira le premier tiroir de sa table, fit coulisser un taquet de bois et accéda à un autre compartiment. Il ôta délicatement une cheville qui entraîna la chute d'une plaquette marquetée. Il glissa ses doigts dans l'ouverture et en retira une enveloppe marron, froissée. La troisième lettre de la Moura lui brûlait les mains. Fallait-il qu'il l'ouvre et lise ses volontés ? Quelles révélations se cachaient entre ces pages d'une autre époque ? Le déshonneur ? La réconciliation ? Le pardon ? Il était intimement persuadé que ces feuillets jaunis n'amèneraient que le trouble et la discorde, que la Moura voulait aller au bout de son forfait. Il posa la lettre devant lui, sur son écritoire, et scruta longuement ce brûlot.

— N'ajoutons pas le malheur au malheur ! Tant pis pour la vérité ! Si elle doit amener la désolation et la peur, autant la jeter aux enfers !

Il déchira le document dans le cendrier puis le brûla. Il ouvrit la fenêtre et lança les cendres au vent.

— Thérésius, pardonne-moi, il vaut mieux peut-être ne pas savoir !

Edouard, un baluchon sur l'épaule, cavalait, volait, déboulait les sentiers et les raccourcis. Il laissait derrière lui ses oripeaux et ses chaînes. Il allait enfin à la rencontre d'Ariane. Nul ne pouvait l'arrêter dans son élan. Saint-Cabraire, derrière lui, paraissait minuscule.

Il ne mit pas plus de deux heures pour arriver à Grasse, d'où il prit la machine à vapeur. La nuque appuyée contre le dossier de la banquette en bois, il résista à l'engourdissement provoqué par les vibrations des traverses. Au premier arrêt, à Mouans-Sartoux, les voyageurs qui montaient les bras chargés de paniers, de valises, de malles l'amusèrent un instant. Il sombra ensuite, bercé par la cadence monotone du convoi. Il entrouvrit un œil à Cannes, où le changement d'un wagon le bouscula. Les tressautements sur le ballast eurent raison de sa résistance.

Il resta sur le quai, envoûté. Les rails luisants fuyaient, tendus devant lui, se serraient en grappe, convergeaient vers un identique point noir. Des ouvriers en bleu de chauffe vérifiaient les roulements des rames en tapant avec une massette sur l'acier et huilaient ensuite les essieux. Au coup de sifflet strident du chef de gare accompagné par le signal d'un drapeau rouge, la locomotive patina... s'ébranla.. Une poussée de vapeur blanche noya le monstre de fer. Le trottoir de ciment trembla. Le grondement fit reculer Edouard.

Le brouhaha intense de la gare de Nice l'abasourdit. Les porteurs, les chariots débordants de bagages hurlaient pour se frayer un passage. Les voyageurs couraient dans tous les sens à la recherche de leur correspondance. Des enfants pleuraient. Les mouchoirs blancs s'agitaient aux fenêtres, les embrassades n'en finissaient plus.

Cet immense tumulte emplit le moulinier d'un sentiment de liberté euphorique. Il s'avança vers la sortie. Désormais, plus rien ne pourrait être comme avant. Il parcourut la longiligne marquise de verre et de fonte, ne sachant où poser son regard enflammé.

Des voûtes plus élancées que celles des cathédrales couvraient la station.

Deux pavillons aux portiques en terrasses ornés de balustrades à l'italienne jouxtaient la salle d'accueil monumentale et déployaient une multitude de lambris, de stucs, de festons. La foule grouillait près des guichets. Les retardataires se bousculaient, pressés d'acquérir leurs billets. Des affiches aux couleurs vives témoignaient du confort de la Compagnie des wagons-lits et vantaient des destinations de rêve.

Le Buffet de la Gare rutilait d'un luxe ostentatoire. Les garçons de café, en chemise blanche, pantalon noir et nœud papillon, un plateau à bout de bras, ondulaient entre des tables garnies de nappes finement dentelées. Les immenses lustres de cristal accentuaient la douceur et la solennité d'un lieu où le murmure était de mise. Edouard remarqua, sur les dessertes, des panières en osier remplies d'oranges, de citrons et de fruits exotiques. Les théières en argent, les couverts astiqués, les chaises modernes aux dossiers galbés l'ébahissaient. Des fresques représentant des scènes romantiques ou de chasse décoraient l'ensemble des murs. Dans des bacs en céramique, des palmiers s'élevaient aux embrasures des portes-fenêtres. Derrière l'interminable comptoir pavoisé d'œillets rouges et blancs, un alignement fantastique de bouteilles dominait un serveur qui portait des gants blancs.

Edouard eut soudain terriblement soif, mais il n'osa pas pousser la porte du restaurant. Dans les salons d'attente de première classe, des messieurs, certainement fort importants, fumaient d'imposants cigares en lisant la gazette. Parfois, ils adressaient un sourire discret à une connaissance.

Lentement, Edouard se laissa glisser vers la sortie. Une population exubérante, bigarrée, grouillait dans un méli-mélo fantasque. Fiacres, omnibus à impériale, voitures de maître, crissement des patins du tramway, chauffeurs en uniforme guettant l'arrivée des trains… Cette pagaille bruyante vivait avec puissance et densité. Edouard sentit son sang bouillir dans ses veines. La vraie vie était là, présente devant lui. Il était à mille lieues de son calme village, de ses promenades où l'ennui prenait le pas sur d'interminables journées, où les saisons contraignaient à une existence répétitive, où tous les gens souffraient de la même solitude. Saoulé de sensations, il se passa la nuque sous le robinet d'une fontaine et se rafraîchit.

Porté par la foule, Edouard suivit l'avenue de la Gare. Palaces, restaurants, théâtres, banques, le cœur de la ville neuve battait au son de gigantesques travaux. Dans les rues adjacentes, un univers différent s'agitait. Les marchands ambulants, rempailleurs, vitriers, vendeurs de *socca* s'affairaient, interpellant le chaland. Des maçons en habit de toile, assis sur les bordures du trottoir, cassaient la croûte, grignotant des anchois écrasés sur un croûton. A l'aide de cordes et de poulies, des manœuvres hissaient jusqu'aux faîtes des échafaudages des paquets de tuiles et de briques. Les crieurs de journaux vendaient à la volée *L'Eclaireur* et *Le Petit Niçois* devant l'église Notre-Dame. Edouard, grisé par tant de remue-ménage, ne pensait plus tellement à Ariane et à la pressante mission qui l'amenait.

Les boulevards !... Il n'avait jamais vu autant de monde ! Il se réveillait dans une époque différente. C'était comme si, d'un coup de baguette magique, on l'avait propulsé sur une autre planète.

Edouard ne reprit ses esprits qu'à la fin de l'après-midi. Son enthousiasme était revenu à des proportions plus raisonnables. La Promenade des Anglais ourlait la baie des Anges d'un collier ample et gracile. La Méditerranée roulait à ses pieds dans un chuchotement pressant. Il ne lâchait pas des yeux les vagues s'échouant sur la grève et frisant les galets. Les pigeons picoraient des miettes de brioche et s'envolaient à l'approche des goélands.

De belles paresseuses aux ombrelles pastel se prélassaient sur des chaises cannées. Des courtisans en costume de flanelle blanche, canotier, moustache fine et relevée, parlaient fort pour ne pas se faire oublier. Parfois, ils jetaient au jeune homme un regard dédaigneux. Les demoiselles riaient pour un oui ou un non. Un lévrier maigre à faire peur les accompagnait.

— Garibaldi n'en ferait qu'une bouchée ! rigola Edouard.

Il n'avait pas très envie de quitter sa place, mais le spectacle ridicule des mondains l'exaspéra. Il empoigna donc sa musette et déambula vers le port.

Les quais calmèrent sa confusion. La digue surmontée du phare plantait son dard en direction du large. Des navires de gros tonnage, les dockers, en maillot de corps bleu, déchargeaient des sacs de ciment, des couffins de coke et de houille. Leurs bras tatoués et leurs poitrines velues dégageaient une virilité démesurée. Ils empilaient les marchandises sur des camions qui démarraient ensuite dans un nuage de poussière et de gaz.

Cris rauques, crachats, sueur, Edouard prisait cet univers lumineux au parfum d'aventure. Les paquebots de plaisance abritaient les barques et les « pointus ». Les pêcheurs, assis à même le sol, ravaudaient leurs filets et gueulaient après les distraits qui les piétinaient.

A l'extrémité des embarcadères, là où coulaient les cinq sources et le ruisseau Lympia, les bugadières agenouillées tapaient, rinçaient, essoraient le linge. Elles l'étendaient ensuite sur une muraille inclinée vers le môle intérieur. Au rythme des battoirs, les chants des pastrouilleuses s'élevaient dans le bassin Cassini. La langue bien pendue, la main solide et leste, ces « marida lenga » ne s'en laissaient pas conter lors d'une embrouille. Elles en venaient rapidement aux insultes, à des rixes féroces qui s'achevaient le plus souvent en bataille rangée. Chacune possédait son propre fief délimité par une ligne de galets et le défendait férocement.

A grands cris, les gamins jouaient au pilou, plaçaient des pétards sous les roues du tramway, couraient derrière le chariot du « chapa-can », exécutaient des glissades le long de la rampe du grand escalier ou bien plongeaient des digues de la passe et des remparts de la prison. Echappant à la vigilance des gardiens du Lazaret, ils rendaient régulièrement de menus services aux prisonniers. Ils longeaient, tels des funambules, sur une étroite corniche les grilles barbelées des meurtrières et leur faisaient parvenir, contre une pièce, lettres, cigarettes, tabac ou colis de nourriture.

Les véritables Niçois se trouvaient là. L'appréhension d'Edouard face à la grande ville disparut peu à peu. Il se sentait à l'aise, répondant aux saluts et aux « b'soir ».

A l'extrémité du carénage, il se cala contre une bitte d'amarrage. Les coques qui dansaient sur l'eau lui donnèrent le tournis. Il était bien, le visage imprégné du soleil couchant. Il fouilla dans la poche de la veste et en tira un papier plié en quatre. Alberto n'avait pas trahi la confiance de Josépha, il lui avait toutefois subtilisé, lors de confidences amoureuses, un renseignement important : Ariane Beauséjour résidait sur les hauteurs de Cimiez.

21

Lorsque Edouard affronta les collines de Cimiez, il laissa derrière lui Nice parfumée par les magnolias et le jasmin, alanguie par les souffles de la Méditerranée. Edouard avait traîné tard le soir dans les quartiers du « Cuo de Buou » et de la vieille ville. Les ruelles serrées trépidaient du vacarme des ferronniers, des harangues des commerçants, des invectives des poissonnières. Les calades dégringolaient vers des placettes et s'orientaient, dans une éternelle procession, jusqu'à la cathédrale Sainte-Réparate. Les camelous débraillés poussaient les charretons, les porteurs et les coursiers abondaient, du cours Saleya aux quais du Paillon. Il surprit, dans la profondeur d'un porche, des militaires en bordée marchandant un moment de plaisir avec des filles de joie.

Tiraillé par la faim, il dîna d'un plat de tripes et but un « gotou » de rouge à l'Hostellerie de l'Aigle d'Or, une gargote dont l'imposante tenancière savait parfaitement tenir l'exubérante clientèle. Les diligences de la ligne Nice-Cunéo en partaient. Rassasié, il revint aux embarcadères et trouva un abri pour la nuit dans une cabane de pêcheur, au début du sentier des douaniers. Il s'endormit sur un monticule de filets, bercé par le va-et-vient des vaguelettes tapant contre les rochers de la darse.

Il bondit à l'aube, réveillé par l'activité bruyante du port. La journée était claire. Les grues remplissaient les cales des cargos d'imposantes barriques. Le « passagin », dans des crissements de câbles épouvantables, effectuait inlassablement la traversée des bassins.

Edouard allait d'un pas alerte. Il était maintenant si proche d'Ariane qu'il la frôlait déjà ; le musc de sa peau l'envoûtait. « Quand elle me verra, elle quittera Gabriel, j'en suis sûr ! Et s'il refuse, je lui expliquerai... Ou bien je m'en occuperai ! La différence d'âge, je m'en contrefiche ! On peut vivre heureux sans y penser ! »

Il suivait à présent une avenue large, bordée de palmiers, qui trouait les jardins maraîchers, les vergers d'orangers et de citronniers. Parfois, une traverse rectiligne conduisait à un portail cossu où, cachées par d'impressionnantes haies et de magnifiques parcs à la française parsemés de jets d'eau et d'essences rares, s'élevaient des villas à colonnades et véranda, des manoirs aux façades exotiques, des immeubles aux influences florentines, des châteaux de style néogothique.

Sur le pont qui enjambait les aiguillages du chemin de fer, Edouard marqua une pause et s'adressa à un cantonnier qui poussait avec l'énergie d'une limace quelques feuilles sur le trottoir.

— Cimiez, c'est encore loin, « M'sieur » ?

— Vous, vous n'êtes pas d'ici ! répondit l'employé en stoppant la marche lente de son balai.

— Je suis de la montagne, de Saint-Cabraire.

— Ça se voit ! Cimiez, vous y êtes.

Il remonta sa casquette sur le haut du front, ralluma un mégot, se gratta le crâne et lui demanda :

— Vous cherchez quelqu'un en particulier ?

— Les Beauséjour.

— Beauséjour... Ça me dit trop rien ! Pourtant, j'entretiens le même coin depuis avant la Grande Guerre !

— Ils ont une grosse voiture décapotable, une Daimler !

— Mon brave garçon, vous êtes bien innocent ! Ici, tous les résidents ont des voitures, et avec un conducteur ! Comtes, barons, marquis, parents du tsar de Russie, noblesse viennoise, princes romains, tout ce beau monde se côtoie, s'invite aux concerts, aux bals, aux thés dansants, aux galas, fréquente les casinos, se fait de belles manières et des courbettes pendant que moi, Marcel, je trime dans le caniveau et ramasse les merdouilles de leurs chiens !

Il se roula une cigarette et continua :

— Alors, vous savez, les voitures... Peut-être vous aurez plus de chances avec Sacco et Moggio, les autres cantonniers, des copains, ils s'occupent du secteur du Regina Palace et de Brancolard. Et là, des carrosses, ce n'est pas ce qui manque !

Une quinzaine durant, Edouard arpenta impasses et rues privées de Cimiez. Autant chercher l'introuvable ! Ici, la discrétion était de mise. Aucune plaque n'indiquait le nom des propriétaires des somptueuses propriétés. Les valets, les chauffeurs et les femmes de chambre ignoraient ce curieux à l'allure de mendiant. Une barbe noire envahissait maintenant ses mâchoires et des cernes violets, creusés par l'insomnie, coulaient sur ses joues. Le fougueux moulinier de Saint-Cabraire s'était mué en un vagabond sale et puant. Dans le quartier, on se méfiait et on évitait de se faire aborder par des indigents. Les judas des portails aux gongs polis, aux serrures dorées et rutilantes ne s'ouvraient pas à ses coups de clochette. Mais, inlassablement, il observait les portillons et les entrées de service afin de surprendre le personnel.

— M'sieur ! M'dame ! criait-il d'une voix heurtée en courant à leur rencontre.

— Dégage ! Fous-moi le camp d'ici ou j'avertis la maréchaussée !

— S'il vous plaît, juste un renseignement !

— Un renseignement ! Il ne manquerait plus que ça ! Un bon coup de fusil, c'est ce que méritent les individus de ton espèce ! Du travail, il y en a sur le port ! Va rejoindre les pouilleux !

Edouard était continuellement éconduit par les chiens, poursuivi par les laquais agitant le bâton ou la trique. Il ne se décourageait pas malgré la fatigue et les moqueries dont il était l'objet. Il devait à tout prix retrouver sa belle, son énigmatique égérie. Ariane, avec une fatalité singulière, scintillait au bord de ses yeux. La méchanceté, le rejet, les invectives entretenaient ce torride brasier passionnel et le rendaient plus déterminé encore.

On s'habitua lentement à sa présence et les habitants de Cimiez le considérèrent bientôt comme un original, un pauvre type inoffensif. Parfois de bonnes âmes lui offraient un bol de soupe, une miche, des fruits. Prisonnier dans ce labyrinthe tournoyant, il laissait son regard voguer çà et là, toujours à la quête d'un indice. Il perçait les hautes clôtures, franchissait les épais touffus, devinait les contours des halliers. La nuit, grâce aux lumières trompeuses des réverbères qui délimitaient des zones de pénombre, il escaladait les clôtures et fouinait dans les endroits interdits. La fatigue trimballait avec elle l'abrutissement et il finissait par s'assoupir souvent n'importe où, naufragé dans sa chair.

— Arrête-toi ! Là-bas ! s'écria Ariane en désignant du doigt un banc sous un bec de gaz.

Au cri poussé, Gabriel stoppa la Daimler sur le bas-côté et coupa le moteur. Ariane baissa la vitre. Un air chaud et humide pénétra aussitôt dans la voiture. Une pâleur extrême l'envahit ; il lui sembla qu'une fontaine d'eau glacée s'écoulait dans son cou. Gabriel devina le profond malaise de son épouse.

— Que se passe-t-il, ma douce ? s'enquit-il.

La réponse resta suspendue au bord des lèvres d'Ariane. Puis elle bredouilla des choses insensées, s'accusa de mille maux.

— Ce ne peut être lui !

— De qui parles-tu ?

— De celui que je voulais absolument protéger !

— Tu t'encanailles avec les vagabonds, à présent ? lâcha-t-il avec ce sens de l'humour qui le qualifiait.

— Je t'en prie, ce n'est vraiment pas le moment ! Je connais cet homme.

Il comprit qu'elle n'avait pas le goût à plaisanter et tenta de comprendre son inquiétude soudaine.

— Ce n'est qu'un chemineau comme nous en croisons de partout. Un de ces braves gars qui a franchi la frontière et qui erre sans but !

— Que vient-il faire ici ? reprit Ariane, toujours aussi énigmatique.

— Enfin, explique-toi !

Ariane ignora son mari. Elle descendit de la Daimler et se dirigea vers le banc. Un pressentiment douloureux la saisit. Le jeu savamment concocté par ses bons soins lui échappait. La situation devenait grave. Le seul innocent dans cette affaire avait plongé dans un traquenard qui ne le concernait pas. Ce n'était pas lui qu'elle aurait voulu voir ici ! Quelle incroyable méprise ! Elle se devait de rattraper les dégâts causés et supplia le ciel d'y voir plus clair coûte que coûte ! Elle s'en voulait amèrement de l'avoir poussé dans cette intrigue stupide issue de son sourd sentiment de revanche. « J'aurais dû écouter la voix de la sagesse ! J'aurais dû écouter Gabriel ! Quelle idiote ! »

— Edouard, balbutia-t-elle.

Elle s'approcha du dormeur et posa délicatement la main sur son épaule. Il ne broncha pas.

— Edouard, répéta-t-elle un peu plus fort en accentuant son geste.

Il eut un léger mouvement de paupières et la vit, éblouissante, dans sa robe de soirée.

— Je rêve ?

— Pas du tout.

— Ariane ?

— C'est moi, c'est bien moi... Que faites-vous ici ?

— Vous êtes venue... répondit le moulinier avec un naturel insensé.

Il la dévisagea. Elle le dominait de son regard merveilleux. Elle brillait, étoile parmi les astres. Elle était si près de lui... La mine creusée d'Edouard, son apparence pitoyable bouleversèrent la femme. Elle demeura interdite devant tant de spontanéité.

— Viens, ne restons pas ici, lui dit-elle doucement.

Dans la voiture, elle avait l'air préoccupée. Elle se retourna vers Edouard et esquissa un sourire distrait, impénétrable. Mille minuscules ridules bordaient le coin de ses yeux, y ajoutant une nuance mélancolique. Il était près d'elle ; il l'avait retrouvée ; il pouvait presque la toucher. Il avait envie de hurler son bonheur. Il se laissa fondre sur la banquette moelleuse de la Daimler et contempla les trottoirs luisants, miroirs à multiples facettes. Les phares éclairaient le goudron et laissaient les impasses dans l'ombre de leurs mystères. Il goûtait à une exquise lassitude. Gabriel ne disait mot ; il conduisait, jetant parfois un regard furtif dans le rétroviseur.

Ariane lui octroya d'emblée la plus belle chambre de la propriété. Edouard admira le lit vaste, recouvert de velours or, surmonté d'un baldaquin de la même couleur. Enfoncé dans des draps frais qui sentaient la lavande, il n'arrivait pas à s'endormir. Isolée, la luxueuse demeure des Beauséjour s'ouvrait d'un côté sur un jardin riche en parterres et, de l'autre, sur les arènes de Cimiez. A quelques centaines de mètres, le palais démesuré du Majestic Palace Hôtel, avec ses escaliers monumentaux, offrait le décor particulier d'une scène d'opéra.

Edouard se retrouvait transporté dans un univers raffiné et délicat. Il avait enfin réussi à pénétrer dans le territoire des Beauséjour, à franchir une frontière interdite. Ariane avait ordonné à sa femme de chambre de préparer un bain et de fournir à leur hôte des vêtements décents. La bonne avait eu un instant d'hésitation. Au sortir du lavage, Edouard, quoique engoncé dans une chemise et un costume un peu étriqués, avait retrouvé son charme naturel.

Après un repas improvisé à l'office, Ariane lui avait confié que le lendemain ils auraient l'esprit plus clair pour s'entretenir de choses importantes. Il éteignit la lampe. Le temps coulait, à la fois trop long et trop court, chaque minute le rapprochant du réveil. Une horloge sonna une fois, puis une seconde. Les sons venaient de très loin, certainement du rez-de-chaussée ou bien du fond d'un couloir et résonnaient en s'amplifiant. Les coups n'étaient pas achevés qu'une autre pendule reprit la suite. Trois martèlements qu'Edouard entendit nettement et qu'il compta. Trois fractions du temps, effrayantes par leur éternité le rapprochaient de son rendez-vous.

Il tournait et virait dans sa couche. Comment patienter jusqu'au matin ? Une étreinte le serrait de toutes parts. Elle avait posé la main sur son épaule ! Il sentait encore sa sublime caresse… Sa respiration se fit dense, se tendit. Son cœur palpitait, martelait sa poitrine, suivant la cadence et le mécanisme des balanciers, comme si une horloge ouvrait ses blessures et l'autre, les refermait. Il enlaçait son impatience à ces métronomes nocturnes. « Dans quatre, cinq heures, ils vont se réveiller... Et Gabriel ? La serre-t-il dans ses bras ? L'embrasse-t-il ? S'aventure-t-il dans sa tiédeur, dans sa source intime ? Souille-t-il son corps d'assauts brutaux ? » Ces visions le révoltèrent. Ariane lui appartenait ! Son être, sa chair, le satin de ses lèvres, son buste voluptueux étaient à lui seul ! Il prit à témoin le silence de la pièce. Les yeux grands ouverts, il devina les meubles, les corniches, les rideaux de la fenêtre entrouverte. Il discernait un décor simple et juste. Il se régalait des ombres qui frôlaient le parquet dans une danse lascive. Un mystère s'accomplissait et devait se révéler à l'aube. Il demeura éveillé, les mains croisées sous la nuque, hésitant.

— Demain... murmura-t-il.

Il se mordit les lèvres au sang.

— Demain ! répéta-t-il.

22

Ce matin-là, Gabriel partit de bonne heure. Edouard perçut le moteur de la voiture, une portière claquer, le portail se refermer. Il patienta encore quelques minutes avant de se lever et de s'habiller. Il s'aspergea la figure, plaqua ses cheveux en arrière, vérifia le boutonnement du col de sa chemise. Ses traits étaient tirés, sa mine défaite. Traversant un dédale de couloirs aux tapis épais et moelleux, il rejoignit Ariane. En robe d'intérieur de soie brodée, elle déjeunait sur la terrasse. Elle l'invita. Le parc était paisible. Muet d'enchantement, il huma l'air fleuré et s'installa dans une bergère, face à elle.

— As-tu bien dormi ?

Il trouva le tutoiement agréable, chaleureux, familier. En un mot, en un geste, Ariane avait su abolir la différence de classe.

— Couci-couça...

— Pourtant, mes amis m'ont toujours dit le plus grand bien de cette chambre...

— Ce n'est pas ça ! Mes idées sont tellement embrouillées que trouver le sommeil...

Les cernes bistraient ses paupières, signes d'une fatigue intense.

— Tu as l'air plus acceptable qu'hier au soir, mais quand même…

— C'est vrai que je devais ressembler à un fou ! Je ne vous ai pas fait peur, au moins ?

— Non, nous nous sommes juste fait du souci pour toi…

— J'ai honte…

Elle le questionna ensuite sur Saint-Cabraire. Ces propos banals permirent de détendre l'atmosphère. Le parfum d'eau de toilette, de savonnette aux essences de seringa emportait Edouard dans la volupté d'un réveil sous les rosiers. La bonne dressa le couvert sur une nappe blanche et s'empressa d'apporter à cet hôte inopiné une tasse ornée de feuilles de vigne, une cafetière enluminée, des tartines de pain grillé et de la confiture d'orange. Il goûta l'arôme du nectar et se délecta de l'amertume des fruits confits. Dans la torpeur de cette matinée doucereuse, le tintement des cuillères contre la porcelaine fine, les gestes, les regards d'Ariane lui semblèrent une faveur. Il avait retrouvé l'unique objet de ses désirs. Son front dégagé soulignait les contours d'un visage clair, d'une sauvage grandeur. Il ne détachait pas le regard de ses doigts fins, de ses ongles bombés, ovales, parfaitement polis, maquillés de vernis rouge. Il s'imbibait de ce moment précieux.

Le parc, havre de tranquillité, exhibait mille couleurs. Les plantes exotiques et les massifs de saison se côtoyaient dans une harmonie chatoyante. Les angelots en marbre de Carrare lutinaient dans les bosquets. Les grappes de glycine retombaient en feston sur les arabesques et les entrelacs d'une treille.

Un cerisier ployait sous la charge de bigarreaux vermeils et juteux, tandis qu'une cascade murmurait d'une langueur mélancolique.

— Edouard, que faisais-tu sur ce banc ? Tu m'attendais !

Rompant brusquement sa contemplation, elle se pencha vers lui. Ses prunelles, lourdes d'intensité, désireuses de révélations, plongèrent comme des banderilles dans les yeux d'Edouard.

— Oui, souffla-t-il doucement.

— Depuis combien de temps traînais-tu dans le quartier ?

— Quinze jours... Peut-être plus...

— Quelle idée !

— Je n'avais pas d'autre recours pour vous retrouver...

— Tu aurais dû me prévenir ! Je t'aurais reçu comme il se doit.

— Josépha a refusé de me donner votre adresse. Pourtant, j'ai lourdement insisté...

— Une brave fille, dévouée avec ça...

— Alors, j'ai pris le train et...

— Et tu es parvenu jusqu'à moi ! La surprise est de taille ! Quelle mouche t'a donc piqué pour quitter ainsi tes parents, le moulin, le village ?

— Le printemps se passait. Chaque jour, je guettais votre arrivée...

Il se sentait vide, maintenant. Il avait l'impression de fouler un immense désert. Le ton d'Ariane changea soudain, plutôt maternel qu'amoureux, tendre que passionné, raisonné en somme. Une moue de désapprobation se dessina sur ses lèvres. Emue, elle laissa s'échapper un long soupir.

— Peut-être fallait-il en arriver là. Nous ne choisissons pas notre destin... Le hasard a voulu ces retrouvailles.

— Que voulez-vous dire ?

Ariane mesura la fragile sincérité du jeune homme et le prit en pitié.

— Mon pauvre enfant...

— Ariane, je vous en supplie, je...

— Plus un mot, Edouard. Plus un mot !

— A chaque seconde qui s'égrenait, je pensais à vous, je vous espérais. Votre souvenir me torturait sans cesse. J'ai essayé de résister, mais en vain. Je n'avais pas d'autre choix.

Elle serra sa main dans les siennes et referma ses doigts sur les siens, les pinçant douloureusement.

— Il ne fallait pas. Je ne suis qu'une illusion ; ton imagination t'a trahi. Je respecte tes sentiments, mais je crois que tu te trompes : ce n'est pas moi que tu aimes, c'est mon image que tu chéris.

A ces mots, Edouard bascula dans une spirale sombre, un tourbillon sans fin. Ses pensées s'entrechoquaient. Si Ariane n'était pas indifférente à lui, elle n'aurait pas répondu de la sorte à ses aveux. Assommé, étrangement tranquille, un goût de cendre dans la gorge, il n'osait plus bouger. Il ne voulait plus rien. Il ne put retenir les larmes qui coulèrent sur ses joues.

— Comment pouvez-vous parler de mes sentiments avec tant de légèreté ! Vous ne me comprenez pas, Ariane...

— Au contraire, tes larmes me touchent profondément. Mais je sais qu'une autre personne en serait encore plus affectée. Viens, marchons.

Elle l'entraîna avec douceur dans le jardin.

Les graviers crissèrent sous leurs pas. Elle s'agrippa vigoureusement à son coude. Il se laissa conduire. Ils s'installèrent sur un banc au dossier de fonte travaillé.

— Je te dois des explications, Edouard.

Elle entama son histoire du début, de l'abandon, de l'orphelinat, de sa rencontre avec ses parents adoptifs, Marion et André Sauvigny, de son enfance passée avec Gabriel Beauséjour, de ses études à Aix-en-Provence et de l'union souhaitée par les deux familles. Elle relata les épisodes de bonheur, voilant d'une ironie subtile les évocations douloureuses, remerciant aussi les Sauvigny pour leur amour et leur bonté.

— Ma vie se déroulait ainsi sans aucun heurt jusqu'au jour où survint le fameux courrier de la préfecture et la missive du maire de Saint-Cabraire.

Elle alluma un cigarillo qu'elle enfila sur un porte-cigarettes nacré, aspira longuement une goulée et, tout en amorçant des ronds de fumée, le regard rivé au faîte d'un tilleul qui dodelinait sous la brise, elle poursuivit ses confidences. Edouard restait muet de stupéfaction. L'invraisemblable existence de la Moura s'étalait et le cinglait de toutes ses forces.

— Mais où voulez-vous en venir ?

— Ne t'impatiente pas, mon récit est loin d'être achevé…

Elle reprit sa litanie en se serrant un peu plus contre Edouard. Elle se délivrait enfin. Sa voix, d'abord tremblotante, prenait de l'assurance. Ses paroles venaient de si loin, avec une si grande conviction que son émotion était à son comble. Bouleversé par ces révélations, Edouard aurait voulu étreindre Ariane, la consoler, partager ses ressentiments. L'expression de la belle semblait chargée d'obscurs reproches.

— Le destin de ma mère fut atroce !

— Continuez, s'il vous plaît.

— La suite est encore plus étrange…

Il l'observa à la dérobée. Elle arborait parfois un air absent, voguant certainement sur ces incroyables péripéties. Le rayonnement naturel qui l'auréolait fascinait le moulinier. Elle parlait à mi-voix, comme si nul ne devait entendre son lourd secret.

— Une lumière blafarde s'avança vers moi et se révéla en un triste soleil. Elle me dicta des choses inimaginables… Je ne vivais plus alors qu'à travers ma génitrice, dans le désir non pas de me venger, mais de démontrer aux gens leurs erreurs. Je souhaitais leur jeter en pleine face leur veulerie et leur méchanceté ! Un geste, un peu de générosité envers la Moura, et le village s'en serait mieux porté !

— Et moi, vous me mettez dans le même sac ?

— Toi ! Mon Dieu, non ! J'aime ta présence, j'aime tes façons d'agir, j'aime ta franchise… Je t'aime autrement… Tu es le vin généreux que l'on déguste avec gaieté.

— Comment ça, vous m'aimez « autrement » ?

— Avec toi, c'est différent. Dans nos veines coule le même sang !

Ariane se tut.

— Seigneur ! s'exclama-t-il après un instant de silence durant lequel il s'était balancé comme un enfant.

— Voilà ce que ton père cherchait depuis tant d'années, reprit-elle. La Moura était le trait d'union qu'il n'a pas su trouver, l'écheveau qu'il fallait à tout prix démêler. Mais cette vérité requérait de l'indulgence. Souvent la vraie beauté n'est pas extérieure, elle est au-dedans, enfouie dans les vicissitudes de l'existence... Et la Moura en a eu pour son compte !

— Donc, vous êtes sa...

— Oui, Edouard, je suis sa sœur et donc ta tante. Voilà, je t'ai tout dit. Je n'ai plus rien à cacher.

Il en resta coi.

— A présent, ajouta-t-elle, je me blâme de mon aveuglement. J'ai agi comme ceux d'en haut, ceux de Saint-Cabraire.

— Incroyable...

Ils se dévisagèrent longuement et tombèrent dans les bras l'un de l'autre. Les effusions épanchées, ils remontèrent l'escalier de pierre menant à la terrasse et au salon. Elle s'appuyait sur lui avec tendresse.

Ils attendirent le soir, perdus dans leurs méditations. Edouard se savait malheureux. Mais la raison nécessitait de l'emporter sur la passion vivace qui l'animait. Malgré sa souffrance, il regarderait Ariane différemment. Le supplice d'un amour absolu et interdit devait édifier entre eux des barrières infranchissables.

— Il faudrait que tu l'annonces à tes parents, laissa-t-elle choir dans le clair-obscur.

— En espérant que mon père consente à se déboucher les oreilles pour m'écouter enfin !

Bientôt, la bonne alluma les ampoules. La clarté de la pièce se mélangeait avec les reflets du dehors et l'ocre du couchant irisait les tapisseries d'Aubusson. Nice se parait d'un contre-jour mauve et des jets pourpres balayaient le confluent du Var. Une candeur bucolique les survolait. Ils sentaient s'épanouir en eux pour la première fois une source de justesse, un délice de vie. Les fantômes du passé s'estompaient inéluctablement. Une renaissance heureuse se profilait.

Gabriel revint plus tôt qu'à l'accoutumée. Il baisa les tempes de son épouse.

— Selon tes vœux, je me suis rendu chez maître Isardo. Les affaires sont en règle. Le notaire m'a notifié que tu peux opérer en conséquence et à ta convenance.

Il se planta ensuite devant Edouard, un sourire illumina sa face malicieuse et satisfaite.

— Alors, mon neveu, on ne salue pas son oncle ?

Edouard, encore étourdi par cette folle journée, s'exécuta de bonne grâce.

— Bienvenue chez nous, mon garçon ! La maison t'est ouverte : fais comme chez toi !

Les jours suivant, Edouard partit à la découverte des mystères de la grande ville avec celle qui était sa tante. Il savourait en sa charmante compagnie le charme des quartiers chic, la nonchalance des parcs publics, l'étourdissement des lieux populaires. Il éprouvait une certaine fierté lorsqu'on se retournait sur leur passage.

— Tu fais des envieux ! lui glissait-elle.

— Je le mérite bien !

Ariane lui montra tout des artifices et des paillettes de la Riviera. Restaurants, salons de thé, guinguettes, cabarets, théâtres, cinémas, elle le « gavait » littéralement de plaisirs, inventant sans cesse de nouvelles distractions pour son protégé. Ils visitèrent les bureaux de Gabriel à la gare du Sud. « L'oncle » le fit monter dans une micheline en lui expliquant la complexité du réseau ferroviaire.

— On pourrait étendre la ligne de Grasse à Saint-Cabraire, puis vers Draguignan, avança Edouard, captivé.

— Mon grand, nous ne passons pas par la montagne, mais qui sait, peut-être un jour ce sera possible.

Croisant plusieurs employés, Gabriel leur lança :

— Je vous présente mon neveu, Edouard Passeron. Il est plein de promesses, j'espère qu'il rejoindra bientôt notre compagnie ! Enfin, ça ne dépend que de lui…

23

Tel un cap majestueux, le château se dressait sur son rocher boisé arrosé de chutes tourbillonnantes. La baie des Anges déployait ses interminables rivages. Les tartanes aux ventres pansus se balançaient au large. Les pêcheurs attendaient la tombée de la nuit pour piéger le poisson au lamparo. Les vagues s'incurvaient et retombaient en maelströms bruyants sur les galets.

Le casino de la jetée-promenade scintillait de tous ses artifices. Les bulbes à flèches se pavanaient aux côtés de minarets et de tourelles cuivrées. Les gigantesques arcades côtoyaient de hautes verrières ornées de vitraux multicolores. Une sirène en zinc doré brandissant un trident surmontait le dôme central. Des quatre coins de la ville, on pouvait apercevoir cette déesse qui interpellait la foule, l'invitant aux jeux et aux divertissements. Les taxis déversaient une clientèle huppée se pressant devant les portes en verre.

Dans ce lieu prestigieux, chaque manifestation devenait un « Evénement » qui défrayait la chronique des gazettes locales. Un orchestre de violons accueillait le « tout-Nice » élégant, débordant de coquetterie. Les précieuses, aux robes décolletées, écharpes nonchalamment jetées sur les épaules, exhibaient bijoux et colifichets, qui parfois masquaient un train de vie au-dessus de leurs moyens. Les messieurs suivaient en costume sombre ou bien en jaquette à la française laissant entrevoir le gilet blanc. Le col droit, la cravate longue maintenue par une épingle en or et de minces souliers vernis symbolisaient en ces temps le plus grand chic. Les fragrances, la poudre de riz, les eaux de Cologne embaumaient une atmosphère surchauffée.

Ariane, de temps à autre, rafraîchissait son minois d'un mouchoir frais délicatement tamponné. Edouard épiait les comportements et les manières de cette population maniérée à souhait. Il masquait sa gaucherie en évitant les diverses sollicitations.

— Qu'est-ce que je fais ici ? demanda-t-il à Gabriel. J'ai l'impression d'être au cirque !

— Ariane te le dira dans un instant.

L'habit de soirée que son oncle lui avait prêté le serrait aux entournures. Le nœud papillon l'étranglait ; ses chaussures lui cassaient les orteils ; sa chemise collait aux aisselles.

— C'est dans ces moments-là que je regrette mes oliviers et la pénombre de mon moulin.

— Tu les retrouveras bientôt... lui répondit Ariane.

— Pourquoi me dites-vous cela ?

— Tu le verras dans un court instant !

Le couple Beauséjour était salué avec respect et admiration. Ariane portait une toilette fort originale en satin paille avec draperie de dentelle ivoire, ainsi qu'un bouquet de violettes de Parme accroché au revers du chemisier. Gabriel répondait aux bonsoirs, elle, aux compliments. Les bavardages tournèrent aussi autour de l'inconnu qui les accompagnait.

— De leur famille ? s'interrogeaient certains.

— Les Beauséjour nous étonneront toujours...

— Paraîtrait-il qu'un nouvel associé rentrerait dans le capital des trains du Sud... Tenez-nous au courant, cela pourrait nous intéresser... disait-on en examinant Edouard.

Les indiscrétions avaient déjà fait le tour de la ville. On en faisait des gorges chaudes. Ariane se perdit dans la foule ; Gabriel et Edouard se laissèrent porter par la longue traîne qui se dirigeait vers l'exposition.

— Quand partons-nous ? soupira Edouard.

— Au bon vouloir de mon épouse...

— Je n'en peux plus !

— Patience, nous ne sommes pas encore entrés dans le hall...

— Pour vous faire plaisir...

— Mon garçon, d'habitude nous évitons toujours les vernissages et ces mondanités exaspérantes. Faut-il croire que l'on s'ennuie à mourir pour fréquenter un tel étalage de fanfreluches et de laideur ! Tu peux faire le tour de la ville, ce sont toujours les mêmes affamés que tu rencontreras !

— Alors, ne restons pas une minute de plus !

— Impossible ! Ariane tient à te faire rencontrer un merveilleux peintre, la coqueluche de la Riviera, dit-on.

— Mais pourquoi ?

— Elle te l'expliquera...

— Vous ne voulez donc rien me dire ?

— Je ne peux pas…

Ils s'avancèrent dans la salle principale aménagée pour l'occasion en une gigantesque galerie. Des tableaux étaient présentés selon les époques de l'artiste. De puissantes lumières soulignaient la luminosité des compositions. Les heurts de couleurs pures jetées en masse par un saisissement volcanique, les courbes lentes et bleu turquoise de la Méditerranée, les profils des collines, les langues de gouache glissant sur les garrigues, les francs volumes de nuances élémentaires teintant les toits de rouge, les façades jaunes, ensoleillées, les ruelles aux bistres nuancés, les oliveraies ruisselantes de pointillés, les reflets orangés sur la rivière, les cols aux gris langoureux, les tonalités contrastées des vallons… Des paysages, des portraits familiers pour Edouard. L'univers de son enfance s'étalait face à lui.

— Le peintre, c'est Audibert !

Plus loin, entre l'embrasure d'une fenêtre et une vitrine, dans un cadre doré, monté sur un chevalet, le Val des Costes… et la Manuella, jaillissant de derrière un long trait noir percé en son centre… Une vieille décharnée, courbée sur la margelle d'un puits, tendait ses bras vers le fond.

— Je t'avais prévenu que tu allais retrouver Saint-Cabraire.

La voix d'Ariane le sortit de sa stupeur.

— Mais pourquoi ? balbutia Edouard.

— Il fallait que tu saches. Tu ne peux être délivré de tes tourments qu'en ayant la juste vérité sous tes yeux.

— Audibert, c'est ça ?

— Exact.

— Alors ?

— Oui, elle n'est pas loin ! Te souviens-tu de mes propos le lendemain de nos retrouvailles ?

— Je crois...

— Celle que tu aimais et que tu aimes encore, Edouard, ce n'est certainement pas moi... Et je vais te le prouver.

— Je ne peux plus me présenter à elle avec ce qui s'est passé ! Ça rimerait à quoi d'aller la voir, après ce que je lui ai fait ?

— Il n'est jamais trop tard... Les miracles existent...

— Je l'ai trahie !

— Je sais. Je suis la cause principale de vos douleurs et me le reproche assez ! Je ne te demande pas de l'approcher, elle ne comprendrait certainement pas pour quelles raisons tu es ici. Je veux seulement que tu la contemples comme aux premiers jours... et peut-être vos regards se croiseront-ils ?

En retrait, dissimulé par un pan de rideau, Edouard observait les visiteurs qui s'extasiaient devant les toiles d'Audibert. Le bougon solitaire des forêts de Saint-Cabraire semblait métamorphosé par la satisfaction. Il accompagnait les admirateurs, les journalistes et les photographes devant ses créations, les commentant d'un ton alerte. Le cercle des courtisans ne cessait de grandir autour de l'artiste. Audibert succombait de plaisir aux louanges dithyrambiques et félicitations empressées. Notables, hommes politiques, militaires à la retraite voulaient siéger à ses côtés sur les clichés qui le lendemain paraîtraient dans les quotidiens locaux.

Quand Edouard devina Rose à l'autre bout de la salle, son agitation devint extrême. Le front haut, souriante et fière, elle traversa la foule pour rejoindre son père. Le moulinier s'appuya contre une tapisserie, résigné. Il se sentait humilié, à la fois bourreau et victime de son propre malheur. Comment expier ses fautes sinon dans une folle douleur et une triste repentance ?

— Vous sentez-vous mal ?

Cette diction prétentieuse, sarcastique, résonna dans ses tympans comme le bourdon de l'église Notre-Dame. Edouard fixa avec un immense étonnement son interlocuteur.

— Vous !

— Vous êtes si pâle... Etes-vous sûr d'aller bien ? insista le freluquet.

Edouard s'attendait à tout, mais là, la coupe était pleine.

— Grenier !

— Lui-même. Alors, vous fréquentez à présent la noble société niçoise ? Vous avez délaissé vos campagnes et vos maigres oliviers ? Je vous comprends...

— Que faites-vous ici ?

— Mon cher, une incroyable histoire de passion m'a amené dans cette capitale. Au début, je m'y suis amèrement ennuyé, mais l'élue de mon cœur a su me la faire apprécier.

— Tant mieux pour vous.

— Puisque vous avez repris des couleurs, je vous quitte. Je dois la rejoindre, elle s'impatiente... Au fait, nous devons nous fiancer à l'automne. Je me réjouirai de votre présence à la cérémonie, car cette demoiselle ne vous est pas inconnue.

Grenier laissa le jeune homme dans son coin. Il se dandina vers Audibert et prit Rose par la taille.

— Pas lui ! rugit Edouard.

Son sang ne fit qu'un tour. Ses joues revêtirent une teinte carmin. Des gouttes de sueur trempèrent sa chemise. La fureur bouillait dans ses veines. Une rage démesurée gronda dans sa poitrine.

— Pas lui !

Il se retint de hurler. Ariane et Gabriel l'encadrèrent solidement.

— Je vais le tuer ! Je vais lui faire vomir ses tripes ! Je vais l'écorcher vif !

— Je pense qu'il est temps de nous éclipser, conclut Gabriel.

Ils entraînèrent manu militari Edouard en direction de la Daimler.

— Ne t'en prends qu'à toi-même ! lui souffla Gabriel.

— Vois-tu, continua Ariane, on piétine les fleurs fraîches, on ignore les magnifiques dons du ciel, on repousse par faiblesse ses présents alors qu'eux seuls peuvent nous conduire au bonheur absolu.

— Quel gâchis ! marmonna Edouard. Tu avais raison, Ariane...

— Mon cher Edouard, les femmes sensées ont toujours raison ! Petit, ne te laisse surtout pas abattre ! Montre que tu es capable d'affronter la vie et un rival ! lui conseilla Gabriel.

— Ecoute, reprit Ariane, je te demande d'aller retrouver ton père et de lui expliquer la situation afin que tout se remette en ordre dans sa maison et son esprit. Le reste, je m'en occupe.

— Et Rose ?

— J'en fais mon affaire. Aie confiance en moi, Edouard. Nous te rejoindrons au plus vite à Saint-Cabraire.

24

— Il a perdu la boule !

Pépin, tout essoufflé, avait rattrapé le maire à l'autre bout de la place.

— Il tape depuis l'aube comme un forcené sur les caillasses du mur de la Moura ! En plus, il est en équilibre sur le bord de la falaise. Il peut débaousser à chaque instant.

Un attroupement se forma aussitôt autour de la fontaine. L'auberge des Mules se vida instantanément de sa clientèle.

— Je descendais en Siagne derrière l'âne, continua Pépin, quand je vois le Thérésius avec une barre à mine en train de défoncer la muraille. J'ai hurlé tant que j'ai pu, mais le bougre ne m'a pas répondu ! Il cognait tellement fort que le bruit devait couvrir mes cris !

— Préviens Adèle, nous, on y va ! déclara le maire.

Accompagné de ses acolytes, Félix en tête, il se précipita au Val des Costes. Alberto et Giovanni avaient vainement tenté d'approcher le désespéré en contournant le parc de la Manuella. A la vue des Italiens, Thérésius avait brandi à deux mains son outil au-dessus de sa tête. Il l'avait fait tournoyer en menaçant d'écrabouiller le crâne du premier qui avancerait. La discussion s'avérait impossible. Le groupe ralentit et s'arrêta, prudent, à une cinquantaine de mètres de Passeron. Grandi s'avança, Félix le suivit.

— Thérésius, c'est moi, Alphonse.

Le maître du Val des Costes ne broncha pas, continuant à s'acharner sur l'enceinte. Les veines du cou saillantes, les muscles bandés, il enfonçait son pieu dans les interstices et remuait comme un damné les blocs qui se désolidarisaient un à un. Un trou béant entamait déjà la frontière. Les pierres roulaient, prenaient de la vitesse, rebondissaient, pour se fracasser en de multiples quartiers dans le ravin.

Les nerfs à vif, Thérésius rugissait. Il ressassait une fois de plus le ténébreux mystère qui le gangrenait, tout en détruisant ce blasphème intolérable qui l'empêchait de vivre. A chaque percée, une parcelle de son existence s'altérait et volait en fragments acérés. Soudain, la barre à mine ripa et se coinça dans une faille.

— Putana ! hurla Thérésius, secouant l'instrument afin de le dégager.

Grandi profita de cet arrêt opportun.

— Thérésius, écoute-moi !

— Pourquoi ?

— Parce que je suis ton ami, non ?

— Laisse-moi rire !

Il dégorgea un ricanement forcé. Grandi fit un pas en avant, Thérésius fit un pas en arrière.

— Mon ami, tu parles ! Tu n'es qu'un faux-cul oui ! Je croyais que tu étais sincère, mais tu nous as tous embrouillés avec tes belles paroles ! Résultat : tu n'as fait qu'envenimer cette affaire !

— Réfléchis, à quoi ça te sert de démolir le mur ?

— J'aurais dû le faire depuis longtemps !

— Descends, qu'on discute !

— Et de quoi ? Mon fils est parti, ma femme me renie ! Quant au reste, je ne t'en parle même pas ! Alors, tu veux que l'on cause de quoi ? De la pluie, du beau temps ? Tiens, de la prochaine récolte ! Je te la donne, Alphonse, et je t'offre avec un grand plaisir le moulin car, bientôt, je ne serai plus de ce monde !

— Calme-toi, je t'en prie. Je veux seulement t'aider...

— J'en ai marre de voir vos gueules de traîtres ! Des sourires par-devant et, sitôt le dos tourné, un grand coup de poignard ! C'est ça l'amitié, Alphonse ? Et eux, là-bas, ces couillons, tu ne vois pas qu'ils se régalent ! Ils m'imaginent déjà dans ma tombe !

Grandi esquissa un geste. Aussitôt, Thérésius sortit d'une faille un fusil à deux coups et mit en joue les suiveurs. Certains coururent s'abriter derrière le cabanon.

— Un mouvement de plus et je tire !

— Qu'est-ce que tu veux, à la fin ? s'exclama le maire. Que les gendarmes viennent et t'embarquent comme la Moura ?

— Ferme-la, Grandi, et rejoins les autres ! Regarde-moi ces trouillards, planqués comme des poulettes ! Tu peux vraiment compter sur eux !

Les gens du village, alertés, descendaient grossir les troupes des fidèles du maire. Un glissement sur les graviers fit se retourner Thérésius. Alberto eut à peine le temps de se jeter à plat ventre que les plombs d'une cartouche frôlèrent sa casquette.

— Vous, les Ritals, restez à votre place !

Le Piémontais rampa jusqu'à la demeure et s'enferma avec Giovanni et Josépha. Thérésius rechargea l'arme et la pointa, le canon encore fumant, sur la meute. Il toisa Alphonse. Des semaines durant, il avait mûri son acte. Détruire ce rempart et en finir, c'était le seul moyen de se libérer de ses obsessions. La tranquillité, la réussite, les oliveraies reprises par son fils unique, un moulin prospère, tous ses projets s'étaient écroulés à cause d'une simple histoire de séparation, d'une héritière débauchée, d'un père disparu sans laisser d'adresse... Il était comme ces arbres sciés à la base, comme un rosier dont on a coupé les racines.

Il regarda autour de lui. La campagne était magnifique et l'idée de mourir au soleil levant lui plaisait. Ce ne serait qu'un long envol de la falaise vers la rivière, qu'une chute douce et infinie, les bras en croix, la bouche entrouverte, comme un oiseau de proie, accompagné par la brise dans les feuilles de ses oliviers.

L'air était vaporeux et sucré. Tout était beau, ce matin-là ! Le bouillonnement de la Siagne, les calcaires brillants, le miroir de la Méditerranée, le ballet des mouettes, l'horizon clair et droit, les écheveaux de nuages se dénouant entre eux, la vallée bourdonnante qui s'étirait, nonchalante, vers la plaine, le col du Pilon limpide trônant sur ses hauteurs... Son salut résidait désormais dans cet ultime vol. Il devait choisir un point à l'infini et se laisser aller...

Grandi, désemparé, était persuadé que son ami ne flancherait pas, qu'il accomplirait son destin jusque dans ses dernières lignes. Néanmoins, il tenta de garder son calme.

— Laisse-moi te rejoindre, supplia-t-il à nouveau.

— Pourquoi ? Tu veux sauter avec moi ? Remarque, nous avons partagé de bons moments !

— Thérésius...

— Je n'ai pas besoin de ta pitié, Alphonse. Garde-la pour les autres !

Il recula un peu plus vers le bord et jeta son fusil. Grandi eut l'impression qu'il tanguait dangereusement vers l'avant, se retenant, revenant sur son balancement, recommençant. Un équilibre précaire de funambule. Il n'éprouvait plus aucun remords, plus aucune douleur. Il sentit le goût chaud et sucré de son sang dans sa bouche. Une chaleur inouïe envahit ses membres. Il porta ses yeux vers le bas. Le pied de la falaise tournait en une ronde folle. La Siagne lui offrait ses baisers vénéneux.

Alberto et Giovanni bondirent et se faufilèrent vers le bassin. Pendant que Thérésius haranguait Grandi, ils rampèrent lentement vers les extrêmes limites de la paroi. Alberto posa un doigt sur sa bouche et fit signe à son cousin de s'aplatir. Ils virent le maître du Val des Costes bouger sensiblement, marquer une pause avant de reprendre sa diatribe. Il parlait maintenant de plus en plus paisiblement, comme dans une lente prière. Il répondait à ses propres interrogations sans attendre l'avis de Grandi.

Les Italiens approchaient du but. Ils glissaient dans l'herbe telles des vipères. Ils se tassèrent derrière un bouquet de genêt pour souffler.

— Prends par-devant, moi je fonce sur le côté, souffla Alberto.

L'enceinte était à présent à portée de bras.

— Ne fais pas l'imbécile !

Thérésius redressa son dos voûté. L'exclamation d'Adèle le tira de son délire.

— Te voilà ! Le bal est au complet !

— Descends, je t'en prie !

— Tu es sortie de ta chambre ?

— Cette situation est ridicule !

— Tu as une autre solution ?

Thérésius, on s'est tous trompés ! On peut encore sauver bien des choses et repartir comme avant !

— A ta place, j'éviterais de me donner des leçons !

— Regarde-toi, nom d'un chien, tout le village admire le spectacle ! Ils sont beaux, les Passeron ! Le fier Thérésius et ses oliviers ! Le maître des Costes et son moulin ! Je vais te dire, moi, ton huile est en train de tourner au vinaigre ! Et si tu en finis, j'en connais des producteurs qui vont se frotter les mains et qui n'attendent que ça !

Surpris par le ton autoritaire d'Adèle, Thérésius la dévisagea avec incrédulité.

— Allez, saute ! Tu en as envie ou pas ? Saute ou dégringole de ce perchoir !

Sur ces mots, elle fit semblant de partir.

— J'en ai par-dessus la tête des colères des Passeron !

Edouard choisit ce moment précis pour émerger de l'ombre.

EPILOGUE

— Il ne manquait plus que lui !

Edouard, sans écouter les injures de son père, marcha presque jusqu'à lui.

— Toi, tu n'es plus mon fils ! Tu as déserté, alors retourne d'où tu viens !

— C'est ce qu'on verra ! répliqua Edouard avec une assurance qui troubla Thérésius.

— Au fait, tu n'as pas amené ta garce avec toi ?

— La garce est là, Thérésius !

La réplique d'Ariane troua le Val des Costes comme un boulet de canon.

— Pas un pas de plus, fille du diable !

Le laissant dire, elle se dirigea droit sur lui.

— Arrête ou tu auras ma mort sur la conscience !

— Tu n'en as pas le courage, Thérésius.

Lorsque Thérésius fit volte-face pour se précipiter dans le vide. Alberto et Giovanni jaillirent de leur cache, le ceinturèrent et le jetèrent au pied du mur. Thérésius s'écroula en sanglots. Ariane s'agenouilla à ses côtés et le porta par le col à hauteur de son visage.

— Thérésius, regarde-moi ! Veux-tu connaître la fin de l'histoire ? De ton histoire ? De mon histoire ?

Celle que tu as cherchée en vain toute ta vie ? Tu n'as pas le droit de te dérober ! Affronte ta vérité comme j'ai affronté la mienne !

Passeron s'appuya péniblement contre la muraille. Il laissa sa main dans celle d'Ariane.

— Thérésius, nous avons le même père, nous sommes du même sang, celui de Gaétan Passeron, l'anarchiste ! C'est lui qui a séduit la Moura, ma mère. C'est moi, la bâtarde ! Accepte-moi comme une sœur parce que je ne suis pas ton ennemie ! La preuve, le mur, tu peux en faire ce que tu en veux ! Dorénavant, la Manuella appartient à Edouard. C'est un cadeau des Beauséjour pour leur neveu. Allez, debout ! Le maître du Val des Costes ne doit pas faiblir devant la tâche ! Courage, mon frère !

Thérésius fondit en larmes dans les bras d'Ariane.

— Le regard de la Moura le soir de Noël, c'était donc ça !

— Certainement. Vous aviez tellement de choses à vous dire. Si seulement vous aviez su mettre de côté votre orgueil !

— Tu ne me racontes pas de blagues : la Manuella est bien à Edouard ?

— Je n'ai jamais été aussi sérieuse.

— Et qu'est-ce qu'il va en faire, de toutes ces olives ?

— Ne t'inquiète pas, papa, avec une centrifugeuse à moteur, je pourrai absorber le quadruple de notre production.

— Une centrifugeuse comme ce vaurien de Joseph Meiffrey à Callian ?

— Et voilà qu'ils recommencent, se réjouit Adèle.

— Tu ne les changeras pas ! rigola Alphonse Grandi.

— Et l'huile, tu vas la mettre où ?

— Je la vendrai aux Italiens ! Avec le train, on peut tout se permettre ! s'exclama le fils.

— Je connais quelqu'un qui serait heureux de t'accompagner dans tes projets, Edouard, lui révéla Ariane. D'ailleurs, je crois qu'elle t'attend aux Moulières…

Saint-Cézaire, mars 2003

C'était comme si j'avais feuilleté un de ces anciens
livres de raison,
où s'inscrivait autrefois l'histoire morale des familles,
mêlée aux détails vulgaires de l'existence courante,
et les comptes de bonnes années de vin et d'huile,
à côté
de véritables miracles, de sacrifices et de résignation.

Alphonse Daudet

PRODUCTION JEANNINE BALLAND

Romans « Terres de France »

Jean Anglade
Un parrain de cendre
Le Jardin de Mercure
Y a pas d'bon Dieu
La Soupe à la fourchette
Un lit d'aubépine
La Maîtresse au piquet
Le Saintier
Le Grillon vert
La Fille aux orages
Un souper de neige
Les Puysatiers
Dans le secret des roseaux
Sylvie Anne
Mélie de Sept-Vents
Le Secret des chênes
La Couze
Ciel d'orage sur Donzenac
Jean-Jacques Antier
Autant en apporte la mer
Marie-Paul Armand
La Poussière des corons
La Courée
tome I *La Courée*
tome II *Louise*
tome III *Benoît*
La Maîtresse d'école
La Cense aux alouettes
Nouvelles du Nord
L'Enfance perdue
Un bouquet de dentelle
Victor Bastien
Retour au Letsing
Françoise Bourdon
La Forge au Loup
La Cour aux Paons
Le Bois de lune
Annie Bruel
La Colline des contrebandiers
Le Mas des oliviers
Les Géants de pierre
Marie-Marseille
Jean du Casteloun
Michel Caffier
Le Hameau des mirabelliers
La Péniche Saint-Nicolas
Les Enfants du Flot
Jean-Pierre Chabrol
La Banquise
Alice Collignon
Un parfum de cuir
Didier Cornaille
Les Labours d'hiver
Les Terres abandonnées
La Croix de Fourche
Etrangers à la terre
L'Héritage de Ludovic Grollier
L'Alambic
Georges Coulonges
Les Terres gelées
La Fête des écoles
La Madelon de l'an 40
L'Enfant sous les étoiles
Les Flammes de la Liberté
Ma communale avait raison
Les blés deviennent paille
L'Eté du grand bonheur
Des amants de porcelaine
Le Pays des tomates plates
La Terre et le Moulin
Les Sabots de Paris
Yves Courrière
Les Aubarède
Anne Courtillé
Les Dames de Clermont
Florine
Dieu le veult
Les Messieurs de Clermont
L'Arbre des dames
Le Secret du chat-huant
Annie Degroote
La Kermesse du diable
Le Cœur en Flandre
L'Oubliée de Salperwick
Les Filles du Houtland
Le Moulin de la Dérobade
Les Silences du maître drapier
Alain Dubos
Les Seigneurs de la haute lande
La Palombe noire
La Sève et la Cendre
Le Secret du docteur Lescat

Marie-Bernadette Dupuy
L'Orpheline du Bois des loups
Elise Fischer
Trois Reines pour une couronne
Les Alliances de Cristal
Alain Gandy
Adieu capitaine
Un sombre été à Chaluzac
L'Énigme de Ravejouls
Les Frères Delgayroux
Les Corneilles de Toulonjac
L'Affaire Combes
Les Polonaises de Cransac
Le Nœud d'anguilles
Gérard Georges
La Promesse d'un jour d'été
Michel Hérubel
La Maison Gelder
La Falaise bleue
Tempête sur Ouessant
Le Démon des brumes
Denis Humbert
La Malvialle
Un si joli village
La Rouvraie
La Dent du loup
L'Arbre à poules
Les Demi-Frères
La Dernière Vague
Yves Jacob
Marie sans terre
Hervé Jaouen
Que ma terre demeure
Jean-Pierre Leclerc
Les Années de pierre
La Rouge Batelière
Louis-Jacques Liandier
Les Gens de Bois-sur-Lyre
Les Racines de l'espérance
Jean-Paul Malaval
Le Domaine de Rocheveyre
Les Vignerons de Chantegrêle
Jours de colère à Malpertuis
Quai des Chartrons
Les Compagnons de Maletaverne
Dominique Marny
A l'ombre des amandiers
La Rose des Vents
Louis Muron
Le Chant des canuts
Henry Noullet
La Falourde
La Destalounade
Bonencontre
Le Destin de Bérengère Fayol
Le Mensonge d'Adeline
L'Évadé de Salvetat
Michel Peyramaure
Un château rose en Corrèze
Frédéric Pons
Les Troupeaux du diable
Jean Siccardi
Le Bois des Malines
Les Roses rouges de décembre
Le Bâtisseur de chapelles
Jean-Michel Thibaux
La Bastide blanche
Le Secret de Magali
La Fille de la garrigue
Le Roman de Cléopâtre
La Colère du mistral
L'Homme qui habillait les mariées
La Gasparine
L'Or des collines
Jean-Max Tixier
Le Crime des Hautes Terres
La Fiancée du santonnier
Brigitte Varel
Un village pourtant si tranquille
Les Yeux de Manon
Emma
L'Enfant traqué
Le Chemin de Jean
L'Enfant du Trièves
Colette Vlérick
La Fille du goémonier
Le Brodeur de Pont-l'Abbé
La Marée du soir
Le Blé noir

Collection « Sud lointain »

Jean-Jacques Antier
Le Rendez-vous de Marie-Galante
Marie-Galante, la Liberté ou la Mort
Erwan Bergot
Les Marches vers la gloire
Sud lointain
tome I *Le Courrier de Saigon*
tome II *La Rivière des parfums*
tome III *Le Maître de Bao-Tan*
Rendez-vous à Vera-Cruz
Mourir au Laos
Jean Bertolino
Chaman
Paul Couturiau
Le Paravent de soie rouge
Le Paravent déchiré
Alain Dubos
Acadie, terre promise
Hervé Jaouen
L'Adieu au Connemara
Dominique Marny
Du côté de Pondichéry
Les Nuits du Caire
Juliette Morillot
Les Orchidées rouges de Shanghai
Michel Peyramaure
Les Tambours sauvages
Pacifique Sud
Louisiana
Bernard Simonay
Les Tigres de Tasmanie
Jean-Michel Thibaux
La Fille de Panamá

Romans

Alain Gandy
Quand la Légion écrivait sa légende
Hubert Huertas
Nous jouerons quand même ensemble
La Passagère de la « Struma »
Michel Peyramaure
Le Roman de Catherine de Médicis

Impression réalisée par

BUSSIÈRE

GROUPE CPI

à Saint-Amand-Montrond (Cher)
en décembre 2004
pour les Presses de la Cité
12, avenue d'Italie
75013 Paris

Composition : Nord Compo

N° d'édition : 7081. — N° d'impression : 044829/1.
Dépôt légal : mai 2003.
Suite du 1er tirage

Imprimé en France